DE WERELD, DE HAGEDIS EN IK

D1363148

GIL COURTEMANCHE BIJ DE BEZIGE BIJ

Een zondag aan het zwembad van Kigali
Een mooie dood

Gil Courtemanche

De wereld, de hagedis en ik

Vertaald door Manik Sarkar

2010

DE BEZIGE BIJ

AMSTERDAM

Copyright © 2009 Gil Courtemanche
Copyright Nederlandse vertaling © 2010 Manik Sarkar
Oorspronkelijke titel *Le monde, le lézard et moi*
Oorspronkelijke uitgever Les Éditions du Boréal, 2009
Omslagontwerp Studio Jan de Boer
Omslagillustratie Getty Images / Shaen Adey
Foto auteur Dominique Thibodeau
Vormgeving binnenwerk CeevanWee, Amsterdam
Druk Bariet, Ruinen
ISBN 978 90 234 5825 4
NUR 302

www.debezigebij.nl

Voor France-Isabelle

I

Bunia fascineert me. Het is maar een klein stadje, een gat, een negorij waar ik nog nooit een voet heb gezet. Haast niemand kent dit stadje in Oost-Congo. Maar zoals een archeologiestudent de Akropolis of de piramides van Cheops als zijn broekzak kent zonder er ooit te zijn geweest, is die stad een deel van mij. Bunia is zo ongeveer de wereld waarin ik leef: al drie jaar lang bestudeer en analyseer ik de geschiedenis ervan, de moorden die er zijn gepleegd, de allianties, de verschillende gewapende facties, de misdadigers die er huishouden, de etnische scheidslijnen, de economische activiteit, de belangrijkste grondbezitters en de smokkelnetwerken.

Ik ben een van de weinige Bunia-specialisten ter wereld. Ik ken er de bodemsamenstelling, de flora en fauna en het anarchistische grondgebruik. Daar zou ik college over kunnen geven. De weggetjes die naar de diamanten, het goud en het coltan leiden ken ik alsof ik ze zelf heb bewandeld. Ik weet welke voedselprijzen er vorige week op de markt werden gehanteerd. Ik heb het menu van Hotel Bunia bestudeerd, waar je Vietnamese kaas kunt eten. Dat is opmerkelijk, vooral als je bedenkt dat de hoteleigenaar een Koerdische vluchteling is. Ik weet zelfs hoe sommige hoeren heten die in de hotelbar rondhangen. Op een weblog kun je lezen dat Madeleine voor alles in is. Een andere blog, van een Amerikaanse evangelische zendeling, waarschuwt de bezoekers om die plek vooral te mijden. Wij zullen er een paar dagen onze intrek nemen. Vietnamese kaas – hoe zou die smaken?

Dinsdag komen we aan in Bunia: Pascal, Claus en ik, na een reis via Nairobi en Entebbe. Ik ben zo nerveus en gespannen als voor een examen of een eerste afspraakje, en in een vergeefse poging me te ontspannen heb ik een plekje gezocht in de bar van het hotel waar ik woon om naar de Euro 2008-wedstrijd tussen Frankrijk en Nederland te kijken. Een paar Nederlanders staan al te schreeuwen. De wedstrijd is nog niet eens begonnen.

Ik probeer me Bunia voor te stellen. Naar sommige dingen moet ik raden, maar ik weet dat ik niet voor een verrassing zal komen te staan. Honderdduizend inwoners, drie hotels en drie restaurants: één Libanees, één vaag Italiaans en één Grieks. Ik ken de geschiedenis van de stad beter dan de inwoners zelf. Ik heb er nog nooit een stap gezet, maar ik weet er alles van. Ik hoef er alleen nog maar in de grond te wroeten, de geuren op te snuiven, het eten te proeven en te praten met degenen die ik al drie jaar bestudeer. Dat heb ik nooit eerder nodig gevonden, want mijn dossiers zijn uitputtend en compleet en ik heb talrijke informatiebronnen. Bovendien doen we niet aan indrukken en emoties, hier bij het Hof: we maken analyses, op wetenschappelijke wijze. Dat is mijn werk en ik ben er gek op. Het geeft me enorm veel voldoening. Al mijn hele leven lang heb ik de wereld het liefst ontdekt door middel van boeken, rapporten en verslagen. Met zo'n benadering kun je er zeker van zijn dat je geest onafhankelijk blijft en dat de objectiviteit, die zo essentieel is voor juristen zoals wij, gewaarborgd blijft.

Een prachtige goal van Van Nistelrooy: 1-0 voor Nederland. Een sublieme kopbal uit een hoekschop. De Fransen raken niet in paniek, dat stelt me gerust. Ze bouwen hun aanval intelligent op, en bovendien met vuur, wat niet hun handelsmerk is. Een paar minuten denk ik niet aan Bunia. Dan valt een Nederlander van een bank en scheldt die bank dan uit. Ik denk weer aan Bunia.

Bunia is een stad die van de bank is gevallen op een dag van nationalistische, etnische dronkenschap, zoals het in de rapporten van de ngo's wordt genoemd. De Nederlander is nog steeds in gevecht met de bank, maar als het 2-0 wordt voor Oranje verliest hij de strijd. Zijn kameraden brullen nog harder dan eerst; iemand giet een halve liter Heineken over hem heen. Hij is nog lelijker dan de lelijkheid zelf, hij stikt en begint hijgend als een dronken varken op de houten vloer met een dierlijk gekreun te kotsen. Alle aanwezigen schateren het uit, behalve ik, het personeel en twee of drie waardige Nederlanders die hun kamer weer opzoeken. Soms botst het gedrag van een Nederlander met het puritanisme van zijn landgenoten.

Ik besluit naar mijn kamer te gaan. Terwijl Frankrijk wordt vernederd, denk ik aan Bunia. Toen de waarnemend aanklager me vertelde dat ik naar Bunia zou reizen, vroeg ik hem waarom. Groeven mijn analyses niet diep genoeg? Ze waren perfect, ze vormden de basis van de aanklacht tegen Thomas Kabanga, de leider van de Patriottische Unie der Congolezen. Kabanga, de krijgsheer uit Bunia, in de Congolese provincie Ituri, was de eerste verdachte die door het Internationaal Strafhof werd berecht. Het proces was een nieuwe bladzijde in het internationaal recht en hij zou voor een nieuw misdrijf terechtstaan: de inzet van kindsoldaten. Kabanga is geen publieke figuur, eerder een spil om wie alles draait. Hij is degene die de smokkel in diamanten, goud en coltan mogelijk maakt. Coltan fascineert me. Met dat mineraal, dat je door in de ondiepe bodem te wroeten oogst alsof het aardappelen zijn, kunnen iPods, BlackBerry's en smartphones worden gemaakt. De heuvels van Ituri stellen ons in staat minder te leven en meer te communiceren.

Kabanga bemoeit zich met de douanecontroles en onderhandelt met de Libanese maffia. Hij is een intermediair, een tussenpersoon, een doorgeefluik. Hij heeft de contacten met het Rwanda van president Kagame, die alles manipuleert. Er staan kindsoldaten tot zijn beschikking. Dit vindt plaats in een tijd, het begin van de eenentwintigste eeuw, waarin Congo door zes verschillende buitenlandse legers in stukken wordt gehakt. In Ituri delen de Oegandezen de lakens uit. Kabanga legt contact met hen. Hij levert bonen voor de troepen uit Kampala, en die sporen hem aan om de nationalistische gevoelens van de Hema, de stam waartoe hij behoort, jegens de Lendu aan te wakkeren.

Men vond dat ik de geschiktste persoon was om de stemming van de bevolking van Bunia aan het begin van het proces te peilen. Bovendien zei de waarnemend aanklager: 'En ben je niet benieuwd of de dingen die je opschrijft wel kloppen, of het er in werkelijkheid ook zo aan toe gaat als jij het beschrijft?' Daar had ik nog nooit over nagedacht. 'Denk je niet dat het kan helpen om alles aan te raken, op te snuiven, met eigen ogen te aanschouwen?' De waarnemend aanklager, die alle geitenspiesen van Afrika had geproefd, die op zijn zevenentwintigste malaria had opgelopen en in drie jaar meer Primus had weggewerkt dan ik in mijn hele leven bier had gedronken, had gelijk. Hoe verschillend we ook waren: hij had gelijk. Ik was voor het leven op de vlucht, een schooljongen die niets begrijpt van de mysterieuze mutaties van de biologie. Ik hield meer van wiskunde en statistiek. Meetbaarheid stelde me gerust; maar desondanks leek het me een logische stap om mijn denkwerk van de afgelopen drie jaar te toetsen aan de praktijk.

Ik weet heel weinig van de Afrikaanse praktijk. Toen ik nog een groentje was, was ik een keer namens een ngo naar Ivoorkust uitgezonden. Ik heb nog nooit een Ivoriaan bier over het hoofd van zijn vriend zien gooien. Ik heb nog nooit een Ivoriaan zien kotsen in een bar en erom horen lachen.

Ik weet heel veel over Afrika. Dat blijkt uit het feit dat ik er uren- en dagenlang over kan praten. Mijn schaarse vrienden vragen me tijdens gezellig bedoelde etentjes regelmatig om er eens over op te houden. Ik stel rapporten op en maak haarscherpe analyses, in het bijzonder over Darfur en het gebied rond de grote meren. Mijn visie op Afrika is niet neerbuigend of naïef. Ik reconstrueer de moorden en de bloedbaden, onderzoek de beschuldigingen van kannibalisme, verdiep me in de diamantsmokkel en de alomtegenwoordige verkrachtingen. Ik produceer documenten over de geheime financiën van staatshoofden en krijgsheren, over hun banden met aan de beurzen van New York en Toronto genoteerde mijnbouwbedrijven en met de internationale georganiseerde misdaad. Ik schrijf memo's over de goud- en coltansmokkel. Ik bundel de gedetailleerde rapporten van Artsen zonder Grenzen waarin de seksuele agressie en verkrachtingen worden beschreven die plaatsvinden in de gebieden die onder mij vallen. Ik leef continu te midden van beschreven, gedocumenteerde en vaak ook gefotografeerde gewelddaden; maar de ergste gewelddaad die ik zelf heb meegemaakt is het kotsen van een Nederlander in een bar waar ik al drie jaar kom.

Mijn naam is Claude Tremblay, en sinds drie jaar ben ik als politiek analist in dienst van de hoofdaanklager van het ICC, het Internationaal Strafhof in Den Haag.

Al mijn collega's huren appartementen in Den Haag of Amsterdam. Ik heb gekozen voor dit hotel in Voorburg, een trieste voorstad op een paar minuten van Den Haag. Ik vraag me weleens af of een normaal leven met liefde, kinderen en hobby's te combineren zou zijn met zo'n uitzonderlijk karwei. Als het je taak is om iets tot de bodem uit te zoeken, om arrestatiebevelen op te stellen waarmee oorlogsmisdadigers – echte monsters, die alle internationale wetten en normen aan hun laars lappen – gearresteerd en veroordeeld kunnen worden, heb je dan recht op een normaal leven, op iets wat je van je taak afleidt? Volgens mij niet, en dat zeg ik met alle respect – en ook jaloezie – voor degenen die wél voor een partner en kinderen hebben gekozen, die hun mobieltje uitzetten zodra ze de afschuwelijke witte toren verlaten waarin het Strafhof is gevestigd. Ik vind mezelf niet beter dan zij, want mijn eenzaamheid komt me goed uit, die past bij me. Om mijn werk goed te kunnen doen heb ik ervoor gekozen om anders te leven dan mijn collega's. Ik heb vrede met mijn eenzaamheid, die me in staat stelt me uitsluitend te richten op de slachtoffers van de misdrijven waar ik zo minutieus over schrijf dat de aanklager er af en toe van gruwt.

'Ik heb geen behoefte aan die afschuwelijke details.'

'Jawel, meneer de aanklager, die zijn juist het belangrijkste.'

'Maar ik hoef toch niet te weten dat ze een brandende sigaar in zijn anus hebben gestoken.'

'Jawel.'

'En daar heb je vast nog een foto van ook!'

'Ja, die zal ik u laten zien.'

Ik woon in het Mövenpick Hotel, een Zwitserse Holiday Inn met een clientèle van handelsreizigers, boekhouders en af en toe deskundigen van het Hof. Het personeel interesseert zich niet voor mij: bij de zware, onbewogen serveersters kan er maar af en toe een glimlachje van af. Sinds ik in Nederland woon, ben ik alle culinaire verfijning verloren die mijn ouders me hebben bijgebracht. Maar de Zwitsers-Nederlandse benadering van gastronomie bevalt me wel, net als de pasta van Il Pomodoro, een pizzeria waar de eigenaars van Italiaanse afkomst meer vriendelijkheid tentoonspreiden dan de Nederlanders. Daar spreken we weleens af, avonden dat ik me te buiten ga aan een paar glazen wijn na een pizza di Parma, de lekkerste pizza die ik ooit heb gegeten. Nathalie, mijn ex-vrouw, lachte me uit toen ik haar een van mijn schaarse e-mails stuurde om hem te beschrijven. Het was niet de pizza die ze zo grappig vond maar mijn enthousiasme. 'Is er dan niets in je leven waar je enthousiaster van wordt dan een Nederlandse pizza?'

Nathalie heeft nooit begrepen hoe hartstochtelijk ik ben over rechtvaardigheid, en dat heeft een belangrijke rol gespeeld in onze verwijdering. Ik vond het dus niet nodig om een antwoord te sturen en nog eens in te gaan op datgene wat haar ongelukkig had gemaakt en mij eenzaam, datgene waarom ik me nu al drie jaar lang opsluit in een hotelkamer in een middelmatige voorstad van een middelmatige stad.

Vier-één voor Nederland. Mijn hart knijpt een beetje samen. Ik hou van Frankrijk, vooral van Bretagne, waar ik me iedere drie maanden een afleiding permitteer van mijn werk als analist van de gruwelijkheid. In die weekends doe ik niks, ik bezoek geen musea, ik eet wat ik vroeger thuis at: niertjes, lendenstuk, kalfszwezerik. Dat roept prettige herinneringen op, maar geen greintje heimwee. Ik drink goede wijn, niet te veel, ik benijd de mensen om de zorgeloosheid die ze tentoonspreiden maar ik doe mijn best om mijn werk niet te vergeten. Terug in Voorburg voel ik me schuldig omdat ik mijn hartstocht heb laten verslappen, alsof ik een vrouw heb bedrogen van wie ik niet alleen hou, maar die ik vurig aanbid.

Mijn passie voor rechtvaardigheid probeer ik zelden te verklaren. Ik beschouw haar als een irrationele en naïeve eigenschap, een passie van een puber die in plaats van de dagelijkse videoclips iets gruwelijks op televisie heeft gezien en vindt dat er een betere wereld moet komen. Ik ben dol op muziek, bijna alle soorten. Muziek verheft me, maakt me groter dan ik ben. Ik heb geen hoge pet op van mezelf. Ik vind mezelf niet mooi, niet lelijk, niet bovengemiddeld intelligent. Ooit heb ik een succesje geboekt bij een jonge vrouw die voor korte tijd de mijne werd, totdat mijn werk een te grote plaats in ons leven kreeg. Ik ben alleen, maar nauwelijks méér alleen dan mijn vrienden die wel een partner hebben. Het past wel bij me, en volgens mij helpt het me mijn werk beter te doen omdat ik door niets word afgeleid van het geweld en de onmenselijkheid waarvan ik in zekere zin de kroniek schrijf voor het Hof.

Als ik mijn werk goed doe, als het dossier dat ik aanleg foutloos en nauwkeurig is, dan kan dat leiden tot een veldonderzoek dat een oorlogsmisdadiger voor de rechter brengt. Dat is heel wat voor een jonge Montréalees van vijfendertig die op zijn elfde niet méér van de wereld kende dan de briefkaarten die zijn ouders hem in de vakantie uit Parijs stuurden, de wereldbol die hij had gekregen omdat hij bij aardrijkskunde de beste van de klas was, de rare namen van een paar verre landen en de twee emigrantenkinderen die bij hem in de klas zaten. Ik wist dat ze uit Afrika kwamen (alle zwarten komen uit Afrika), maar we spraken weinig met elkaar. Dat was geen racisme, eerder onverschilligheid met een snufje wantrouwen.

Ik was nogal verlegen, meer nog dan nu, en het liefst hield ik me stil, uit angst dat ik iets doms zou zeggen en terecht zou worden gewezen. Dat weet ik nu pas, dat ik bang was voor kritiek en afwijzing. Ik werd beschermd door het comfort van de normen en regels die mijn ouders hadden opgesteld, en ik voelde me bijzonder slecht op mijn gemak toen een leraar die een vrije onderwijsmethode voorstond, een man met een baard die slechter gekleed ging dan van de leerlingen werd toegestaan, me vroeg om een situatie uit 'het dagelijks leven' na te spelen.

'Claude, stel je eens voor dat je moeder jou zonder reden een pets geeft, om iets wat je niet hebt gedaan. Ik ben je moeder, jij reageert.'

'Mijn moeder slaat me nooit.'

'Stel je dan het onmogelijke voor: dat je moeder je voor leugenaar uitmaakt en je een klap geeft.'

'Dat is zo onmogelijk dat ik het me niet kan voorstellen, meneer.'

Geïrriteerd vroeg mama waarom ik een slecht cijfer

voor mondelinge uitdrukkingsvaardigheid had, aangezien ze vond dat ik me beter uitdrukte dan de meeste andere kinderen. Ik vertelde over het rollenspel; ze drukte een langere, warmere kus dan gewoonlijk op mijn voorhoofd. Die kus bevestigde dat ik er goed aan had gedaan trouw te blijven aan de regels en codes die in mijn belang, met het oog op mijn toekomst, waren opgesteld door mensen van wie ik hield en die ik respecteerde.

Ik was elf jaar toen de chaos van de wereld in mijn geest gegrift werd naast de morele normen die mijn ouders me hadden aangeleerd en waarnaar ik leefde, zonder ooit het gevoel te hebben dat ze me beperkten.

Mijn ouders hadden ervoor gekozen me af te schermen van alle slechtheid in de wereld. In mijn aanwezigheid gingen ze iedere politieke discussie uit de weg en als het journaal begon ging de televisie uit. Van georganiseerde misdaad, oorlog, conflicten en natuurrampen kende ik alleen wat vage algemeenheden: ik wist dat ze bestonden, maar ik dacht dat ze in mijn rustige wereldje niet konden voorkomen, en dat ik voor altijd veilig voor ze was; totdat mijn leraren gingen staken en met borden heen en weer liepen voor de ingang van de school om de toegang te versperren.

Het is niet eenvoudig om een kind de betekenis uit te leggen van STOP DE UITBUITING! of NEE TEGEN DE SLAVERNIJ. Mama beperkte zich tot de opmerking dat het allemaal heel ingewikkeld lag en dat ik het later wel zou begrijpen, dat leraren goede mensen waren die je met eerbied moest behandelen. Papa, die ambtenaar was, knikte alleen en vertelde niet dat hij zelf ook aan een lange, illegale staking had deelgenomen. Na een paar dagen zat ik in een vakantieritme: laat opstaan en laat naar bed.

Op de avond van 6 december 1984 zat ik in mijn eentje in de zitkamer *Robinson Crusoe* te lezen, terwijl mijn ouders de planten en struiken voor het huis winterklaar maakten. Ik zette de televisie aan.

Er klinken gedempte kreten, gesnik, geschreeuw en gerochel, geluiden die ik nog nooit heb gehoord. Een ronde hut zoals ik die weleens in mijn aardrijkskundeboek heb gezien. Daaromheen honderden wankele afdakjes, bestaande uit drie staken met doeken erop, of huiden, dat kan ik niet goed zien. In iedere tent, onbeschermd tegen de verpletterende zon, zitten zwarten neergeknield alsof ze aan het bidden zijn. In hun armen liggen heel jonge kinderen. De camera gaat de hut in en beweegt in het rond. Een tiental blote kinderen ligt zomaar op de grond. Ik hoor geen woord van wat de journalist zegt, ik kijk vol verbijstering naar hun lichamen: ze zijn zo mager als latten, hun ribbenkasten zijn visgraten, hun wangen holle gaten in hun gezichten en hun donkere ogen staren naar een plek die ik niet zie. Naar de zon misschien. Handen aan lange dunne armen pakken een kind op en leggen het in een uitgeholde boomstam vol water. De handen wassen het kind dat nog steeds naar de zon kijkt; de eindeloos magere handen leggen het kind op een deken op een bed van takken en bladeren. Ik sluit mijn ogen en mijn oren gaan open: 'De teller in Bati staat voor vandaag op vierenvijftig doden, en het is nog ochtend.' Die kinderen slapen niet, ze zijn dood. Maar hoe komt dat dan, en waarom? En waar ligt Bati? Ik zette de televisie uit en rende naar mijn kamer. Ik had kinderen gezien die in een land in Afrika van de honger waren omgekomen. Dat is alles wat ik had begrepen, maar voor mijn geringe kennis van de wereld was het al te veel. Ik was op een andere planeet beland. Mijn ouders hadden het altijd over een veilige, ordelijke wereld waar de regels en omgangsvormen gebaseerd waren op respect en wellevendheid. Een wereld waarin kinderen niet stierven van de honger. In de wereld die ik net had gezien, leek de dood van een kind niets ongewoons. De journalist vertelde over een zekere Ismaël, net als ik elf jaar oud: een elf jaar oude ik die doodgaat van de honger. Toen ik de slaap probeerde te vatten, zocht ik naar de woorden en zinnen waarmee ik mijn ouders duidelijk kon maken dat ze me over die andere wereld hadden moeten vertellen. Het enige wat ik kon bedenken was: 'Ismaël is elf jaar oud, net als ik, en hij is gestorven van de honger.' In de put van mijn slapeloosheid vond ik ook nog: 'Waar ligt Bati?' en tijdens een ander moment van koortsige slapeloosheid: 'Weten jullie wel wat er in de wereld gebeurt, heel ver weg?' Ik leerde de slapeloosheid kennen. Ik liet mijn jeugd achter me voordat die zelfs begonnen was.

De volgende ochtend herinnerde ik me: 'Ismaël is elf jaar oud, net als ik, en hij is gestorven van de honger.' Ik verscheen in lamentabele toestand aan de ontbijttafel en sprak de zin uit.

Papa legde zijn krant neer; mama, die eieren stond te bakken, ging zitten. Uit hun vragende stilte, uit hun blikken die ze op me richtten als een leraar die op het punt staat een straf uit te delen, maakte ik op dat ze begrepen dat er iets belangrijks in mijn leven was gebeurd. Maar ze wachtten tot ik zelf verderging, ze joegen me niet op. Ik brabbelde van alles door elkaar: vijftig kinderen, lichamen die werden gewassen en op eucalyptrustakken werden neergelegd. 'Eucalyptus,' verbeterde papa doodkalm en hij wachtte op wat er komen zou. Maar er kwam niets meer. Mama zette de eieren op tafel. Papa pakte zijn krant weer op.

Na tien dagen van vragen over Afrika en de lerarenstaking kwam ik erachter dat er in Ethiopië een hongersnood woedde, dat er naar schatting een à twee miljoen mensen van de honger waren omgekomen, dat niemand precies wist waarom, dat het waarschijnlijk door de droogte kwam, dat wij inderdaad rijk waren maar dat de leraren toch vonden dat ze slecht betaald werden, dat we niets voor de Ethiopiërs konden doen en ook niet voor de leraren. Wij, dat waren papa, mama en ik. Na tien dagen doorvragen hadden mijn ouders ieder antwoord dat geen antwoord was gebruikt en kreeg ik toestemming om naar het journaal te kijken; waarschijnlijk hoopten ze dat het hen zou verlossen van mijn grenzeloze en inmiddels obsessieve nieuwsgierigheid. 'Waarom is Afrika zo arm en zijn wij zo rijk?' Stilte. 'Waarom krijgt iemand die rijk is maar de armen niet helpt geen straf?'

Op de eerste schooldag na de staking vroeg ik mijn leraar of hij arm was. Nee, natuurlijk niet, had hij geantwoord, maar armoede is relatief. 'Waarom bent u dan gaan staken?' Hij antwoordde dat de kwaliteit van het onderwijs in het geding was. Meneer Nantel bleef ons met zijn nasale stem vervelen en kocht de volgende maand een nieuwe auto. In de rest van het jaar bezorgde hij me een enorme hekel aan wiskunde. Ik liet de bètakant voor wat hij was. Ik wilde iets menselijkers doen. Wat, dat wist ik nog niet. Voordat ik iets uitkoos, moest ik eerst de wereld beter kennen.

2

Ik heb geleerd dat het leven kan lopen als een springvloed in de zomer in Bretagne. Op een ochtend, de eerste dag van een levensfase, staat de baai van Paimpol droog; ze is zo leeg dat het lijkt of de zee nooit heeft bestaan. Alleen een dun stroompje in het midden herinnert eraan dat dit een baai is en dat de zee er geen onbekende is. Dan, als een schilder die de ene laag op de andere aanbrengt, bedekt het water het zand en de keien met een blauwe tint waar de kleur van het zand, waar het nu alleen nog maar aan likt, doorheen schijnt. En dat gaat zo door, dag na dag, wat voor een droogstaande baai even lang is als jaar na jaar voor een mens. Het water neemt zijn plaats weer in. Als de springvloed begint hebben de kweekoesters op de houten frames op het zand last van de zon en vochtgebrek. Ze worden steeds dorstiger en als het water stijgt zuigen ze zich gulzig vol. Er wordt gezegd, maar niemand gelooft het, dat de oesters van de springvloed het vlezigst zijn, dat hun zilte smaak geraffineerder en hun jodiumgehalte hoger is dan die van oesters bij een gewone vloed. Na twee weken staat het water in de baai zo hoog dat het aan rotsen likt die nog nooit door de zee zijn beroerd. Sinds ik de gelegenheid heb om de wereld te ontdekken ben ik als een kei of een oester die wordt gevoed en gedragen door de springvloed.

In de zomer van mijn elfde jaar was ik hard aan het studeren, tot groot verdriet van mijn ouders die juist hoopten dat ik, anders dan zij, actief en sportief zou worden. Ik was dol op sport, vooral op tennis en ijshockey, en in beide blonk ik uit. Mijn ouders moedigden mijn sportiviteit aan, maar hadden paradoxaal genoeg een afkeer van professionele sporters en hun vormeloze supportersscharen. Op een dag zei mijn vader: 'Sport is het nieuwe opium voor het volk.' Hij doelde op de professionele sport, waar ik niet eens aan dacht, maar kennelijk vond hij het moeilijk om zijn wens mij gespierd en behendig te zien te verzoenen met de angst dat ik de smaak te pakken zou krijgen en op de ingeslagen weg zou doorgaan. Maar zonder dat ze het wisten hadden mijn ouders me al een andere kant op geduwd.

Nadat ik toestemming had gekregen om het journaal te mogen zien, verwierf ik het recht om de krant van mijn vader te mogen lezen, en voor mijn verjaardag kreeg ik boeken die geen avonturenromans waren: becommentarieerde atlassen, een werk over de indiaanse cultuur en *De toestand in de wereld, 1985*.

Ik wist niet dat er zoveel landen waren. Men had ermee volstaan me het aantal werelddelen bij te brengen. De teksten waren allemaal veel te ingewikkeld. Ze gingen over bbp en economische groei, over staatsvormen en scholingscijfers. Ik besloot bij het begin te beginnen. Werelddeel na werelddeel leerde ik de namen van de landen en hoofdsteden uit mijn hoofd, toen de bevolkingsaantallen, en uiteindelijk zocht ik uit welke mensen arm waren en welke rijk. Ik las dat de economische groei van Ethiopië in 1984 8% bedroeg. Waarom had ik dan een jongen zoals ik zien sterven van de honger? Papa zou het vast wel weten. 'Dat leg ik je nog weleens uit, Claude.' Ik drong niet aan, maar zijn weigering bevreemdde me, vooral omdat hij kranten verslond, altijd boeken over politiek las en ik hem weleens tegen mama hoorde zeggen dat de wereld verrot was.

We woonden in een aangename, welvarende buurt. Ieder gezin had een voortuintje. De buren van Griekse, Italiaanse of Portugese afkomst hadden die gewoonlijk geasfalteerd. De Franstaligen hadden tuintjes aangelegd waarin alle gebruikelijke planten stonden: geraniums, viooltjes en hier en daar een fuchsia. Onze buren teelden tomaten en komkommers op het lapje grond dat de huizen van het trottoir scheidde. Wij hadden er varens en planten met grote bladeren staan. Mijn moeder zei dat ze zich had laten inspireren door traditionele Japanse tuinen. En al die buren, of ze nu komkommers of fuchsia's verbouwden, gingen wonderwel met elkaar om. Ze maakten een praatje op de stoep, nodigden elkaar uit voor de borrel of, zoals onze Italiaanse buurvrouw, om de eerste tomaten van het seizoen te komen proeven. Als het zomer werd veranderde de aard van de uitnodigingen tegelijk met de dampen die door de huizen werden uitgewasemd. De barbecues werden tevoorschijn gehaald en iedereen nodigde elkaar uit. De buurt hulde zich in een primitieve walm van geroosterd vlees, brandend vet en groente die boven het felle vuur verbrandde, de wilde geur van het platteland of de savanne, onalledaagse dampen. Papa vond het barbecueritueel oerburgerlijk, maar als hij werd uitgenodigd liet hij nooit lang op een antwoord wachten. Met de Griekse buren sprak hij urenlang over de kolonels, met de Portugezen over een roze revolutie, met de Italianen over de Rode Brigades. Hij leek alles over de wereld te weten, in elk geval over die landen, en glimlachte nooit tijdens de lange gesprekken. Hij vermaalde zijn worstje met een somber, zorgelijk air en legde een spies waar hij nog maar net aan begonnen was neer om een lange tirade af te steken. Op zulke momenten had ik het gevoel dat hij over codes en sleutels, instrumenten van duiding beschikte die hij niet met mij wilde delen.

Toen mama vertelde dat ze een barbecue had gekocht, 'een doodgewoon gevalletje', en dat het tijd werd dat wij de buren uitnodigden, zuchtte hij. 'Zo burgerlijk zijn we dus geworden. Een barbecuefeestje.' Het was niet zo'n apparaat op gas dat je steeds vaker in de tuinen van de buren zag, maar een gewone zwarte bak waarin je houtskool of briketten legde die je dan moeizaam aan het branden kreeg.

'Wat is er mis met barbecues en wat betekent "burgerlijk"?'

'Dat zal ik je uitleggen. Je moeder en ik hebben niet altijd geleefd zoals nu. Burgerlijk... betekent dat je tevreden bent met jezelf en dat je je plekje in de samenleving wilt beschermen. Dat je je schikt naar de regels van de maatschappij.'

Zijn antwoord stelde me gedeeltelijk gerust. Ik was niet tevreden met mezelf, en een plekje in de samenleving had ik niet eens. Wel hielden we ons scrupuleus aan alle regels.

Ik begon een methodische geest te ontwikkelen die niets voetstoots aannam, zelfs niet wat mijn vader zei – liever gezegd: niet meer. Toen ik het woordenboek opensloeg om 'burgerlijk' op te zoeken, wist ik dat ik een beetje meer mezelf werd omdat ik geen genoegen nam met de ontwijkende uitleg van mijn vader. Het gevecht om de televisie was mijn eerste daad geweest; het bladeren in de encyclopedie was het begin van mijn onafhankelijkheid.

Deze dingen kunnen onbenullig lijken. Gewoon een kind dat zich systematisch losmaakt van zijn ouders, zonder woede of afwijzing, en de fundamenten van zijn leven legt. Het is waar ik nu, met een zweem van nostalgie, aan terugdenk terwijl ik naar de zouteloze Franse voetbalsoap kijk in een aseptisch Zwitsers hotel dat lukraak in een lelijke voorstad van een eentonige stad is neergeplempt. Ik hoor de trein van 23 uur 59 het station binnen lopen. Mijn raam staat altijd open; de passerende treinen laten me weten hoe laat het is. Ik ken de tijden van alle treinen naar Rotterdam en Gouda uit mijn hoofd, ook als ze niet in Voorburg stoppen. Die van 23 uur 59 komt uit Utrecht.

Soms is de eenzaamheid onverdraaglijk, zelfs voor iemand die er zelf voor heeft gekozen. Je kunt haar gebrekkig bestrijden door flessen in zee te gooien. Tegenwoordig beschik je als verlorene over e-mail, zodat je je ontreddering sneller kunt delen. Dus je schrijft hallo, hoe gaat het, lang niets meer van je gehoord, hoe gaat het met mijn neef. De ontvanger van zo'n vrijwel lege fles verbaast zich erover dat iemand terugkeert in zijn leven die er volledig uit verdwenen was. Soms schrijft hij terug. Ik heb een paar berichten verstuurd en wacht op een reactie, het maakt niet uit wat, zodat ik me ervan kan overtuigen dat ik niet helemaal alleen ben. Eén nieuw bericht.

'De missie naar Bunia is om veiligheidsredenen geannuleerd. We spreken elkaar morgen.'

Al die vaccinaties voor niks, en nog steeds in Voorburg.

Nog een nieuw bericht: een antwoord op een van de flessen die ik in zee heb gegooid. Van Nathalie, mijn ex.

'Je moet je wel heel eenzaam voelen dat je me schrijft. Ja, het gaat goed met me. Ja, ik ben gelukkig in de liefde en bovendien ben ik zwanger, dat wist je nog niet. We zijn net in een heerlijk appartement getrokken, vlakbij waar je ouders woonden. Een tuintje, een parasol, ligstoelen, leuke buren. Denk je nog steeds dat je de wereld kunt verbeteren? Ik hoop dat je niet al te ongelukkig bent.'

Nee, ik ben niet al te ongelukkig. Ik heb voor dit leven gekozen, en mede dankzij mijn werk zal Thomas Kabanga, de misdadiger uit Bunia, binnenkort berecht en veroordeeld worden. Er zal recht worden gedaan aan duizenden onbekende slachtoffers die geen stem en geen verweer hebben. Dat is heel wat. Ik mocht Nathalie graag, maar ik reisde de wereld over in mijn boeken terwijl zij meer hield van terrasjes en vrienden met wie ze over alles en niets kon praten. Ik praat graag over alles, niet over niets.

3

'Burgerlijk': afgeleid van 'burg'-bewoner, stadsbewoner, te onderscheiden van een boer of dagloner. Later ging het betekenen: een 'notabele', 'koopman' of 'gefortuneerde' die evenwel niet tot de aristocratie behoorde. Volgens een zekere Marx die ik niet kende en die het communisme had bedacht, buit de burgerij het volk uit en vormt ze een rem op de revolutie van het proletariaat.

In mijn jonge jaren verdiepte ik me een beetje in Marx; ik begreep wat de uitbuiting van de ene mens door de andere inhield, en dat dat in de tijd van Marx in Rusland alomtegenwoordig was geweest. Maar ik struikelde over democratisch centralisme en meerwaarde.

'Papa, buit de ene mens de andere nog steeds uit? Wat betekent democratisch centralisme? Waarom had Marx het over de vrijheid van de arbeider en waarom zijn ze in communistische landen dan niet vrij?'

Hij liet zijn krant zakken: *Le Devoir*, want *La Presse* of *Le Journal de Montréal* zou hij nooit lezen.

'Zeg, op jouw leeftijd ga je je toch niet over dat soort dingen druk maken?'

'Waarom staan er zoveel boeken van Marx en Lenin in je boekenkast?'

'Die had ik nodig bij mijn studie.'

En hij dook weer in *Le Devoir*, terwijl mama hem zachtjes verweet dat hij de nieuwsgierigheid van zijn zoon niet stimuleerde.

Wat waren dan de dingen die bij mijn leeftijd hoorden? School natuurlijk, maar ik had nooit het gevoel dat ik daar iets over de wereld en het leven leerde.

Sport natuurlijk. Ik deed aan ijshockey en tennis, systematisch en met hartstocht; ik zocht altijd naar manieren om mijn techniek te verbeteren, de finesses van het spel in de vingers te krijgen en vindingrijker te worden; winnen vond ik minder belangrijk. Ook als ik geen punt scoorde kon ik blij zijn met een backhandballetje met effect of een mooie bal die een paar centimeter buiten de lijnen belandde. Het punt ging naar mijn tegenstander, maar ik wist dat ik de beweging perfect had uitgevoerd. Niet dat winnen me niet interesseerde, maar het was wel ondergeschikt aan de kwaliteit van het spel. De trainers verweten me dan ook dat ik niet ten koste van alles wilde winnen. 'Je techniek is perfect, maar je hebt geen killerinstict.'

Toch ging ik door: tegen de muur achter ons huis bleef ik oefenen op mijn effect- en kapballetjes. Ik had een doelnet afgedicht met een stuk triplex waarin ik bij de hoeken ronde gaten had gezaagd. Ik had een gruwelijke hekel aan slapshots omdat ze zo onnauwkeurig waren: ik vond het een enorm pretentieus, en in zekere zin vulgair schot. Ik oefende alleen op de backhand en slagen vanuit de pols.

Mijn methodische benadering van de sport wierp vruchten af. Ik had misschien geen killerinstinct, maar toch werd ik zowel in tennis als ijshockey een goede speler. Niet de beste, want de beste had naast zijn techniek wél killerinstinct. Toch putte ik er veel voldoening uit als iets wat ik probeerde ook lukte, en dat maakte me gelukkig.

Andere dingen die bij mijn leeftijd hoorden? Computerspelletjes waren net in opkomst. Die waren thuis verboden. Mijn eerste sigaret rookte ik op m'n vijftiende. Sindsdien rook ik. Het eerste biertje kwam tegelijk met de eerste sigaret; met beide hield ik maat. Mijn obsessie met armoede, onrecht, ongelijkheid en politiek – niet de politiek van hier, maar van elders – werd steeds groter. Ik bleef een vrij gewone puber.

En dan meisjes. Tja, de meisjes. Papa maakte zich grote zorgen over het feit dat ik geen vriendinnetje had. Hij maakte onophoudelijk grapjes over seks en hoorde me uit over mijn ervaring, die kort gezegd neerkwam op geen. Mama begon te blozen, maar hij bleef aandringen. 'Je gaat me toch niet vertellen dat je op je vijftiende nog nooit een meisje hebt gezoend, dat je nog nooit hebt gedroomd over vrijen, dat je niet wakker ligt en opluchting zoekt, als je snapt wat ik bedoel?' Mama zei: 'Je gaat te ver.' Als hij dat zo graag wilde, mocht hij me best plagen, hij sprak zo weinig over dingen die mij bezighielden en leek niet echt van het leven te genieten. Ik antwoordde naar waarheid, zonder me minder te voelen over mijn gebrek aan seksuele ervaring en de geringe aantrekking die het voor me had. Dat laatste is niet helemaal waar. Voor mijn onderzoek naar armoede in de wereld bladerde ik regelmatig door encyclopedieën, maar als ik eenmaal had gevonden wat ik zocht bladerde ik door, bekeek ik foto's en las biografieën van beroemdheden die ik niet kende. Dan maakte ik aantekeningen en noteerde ik in mijn opschrijfboekje de titels van boeken die ik wilde lezen; en soms staarde ik langdurig naar reproducties van oude schilderijen. Ik herinner me de Venus van Botticelli en een naakt van Ingres. De vorm van haar borsten, heupen en billen was betoverend.

Zoveel zachte, harmonieuze rondingen. Ik had nooit gedacht dat een vrouwenlichaam zo mooi zou zijn.

Als mijn vader me uitdaagde, overtuigde ik me ervan dat het voor mij genoeg was om naar schoonheid te kijken, en ik moet bekennen dat ik naar mijn moeder keek en me haar borsten en billen probeerde voor te stellen. Aan strelen of aanraken dacht ik niet. De televisie, het schoolplein, de gesprekken van vrienden na de wedstrijd in de kleedkamer hadden me meer dan genoeg informatie verschaft over de techniek en de praktijk. Maar ook hier ging ik systematisch te werk. Misschien zouden kijken en bewonderen leiden tot een verlangen om aan te raken en daarna tot al die andere raadsels als tongzoenen, het zwoele kreunen van een vrouw, het strelen van borsten en geslacht en uiteindelijk de penetratie. Ik wist er alles over, maar ik moest beginnen met kijken, om geen enkele stap van de begeerte over te slaan. Ik had ergens gelezen dat er geen liefde zonder begeerte bestond. Ik wilde liefhebben, dus moest ik leren begeren.

4

Een paar jaar later, op de middelbare school, leerde ik Bernard Lafontaine kennen. Hij was geen gewone docent. Aan het einde van de jaren tachtig was het mode onder docenten om niet te formeel te doen, je te laten tutoyeren en je net zo slordig te kleden en uit te drukken als je studenten. Meneer Lafontaine eiste dat je hem met meneer aansprak, droeg altijd een pak en een das, hield zijn haar kort en drukte zich uit in foutloos Frans. Hij tolereerde geen enkele inbreuk op de discipline en hij sprak vijfenveertig minuten achter elkaar. 'Nee, ik heb geen lesnotities voor jullie. Aantekeningen maken doe je zelf maar.' Hij gaf les in ethiek, een vak waar alle leerlingen van gruwden maar dat ik geweldig vond. Hoe onderscheid je goed van kwaad, recht van onrecht, schuld van verantwoordelijkheid? Wat zijn rechten en plichten en hoe verhouden die zich tot elkaar? Ik hoef er niet bij te vertellen dat meneer Lafontaine de meest gehate docent van de school was. Volgens mij wist hij dat wel, maar liet het hem koud. Ik denk dat ik zijn onverschilligheid bewonderde omdat die iets weg had van mijn eigen onverschilligheid over mijn reputatie bij de meisjes en het merendeel van mijn klasgenoten. Ik wilde best dat ze me mochten, maar het had geen prioriteit. Ik deed wat ik vond dat ik moest doen zonder iemand kwaad te doen.

Ik was diep onder de indruk van de vragen die hij opwierp als hij tegengestelde stellingen poneerde en van zijn stelselmatige weigering om daarbij enige persoonlijke voorkeur uit te spreken. Toen ik een tekst schreef over individuele verantwoordelijkheid in de samenleving, ging ik urenlang bij mezelf te rade over mijn gedrag jegens mijn ouders, mijn vrienden, mensen op straat en in de winkel.

Ja, ik was zelf verantwoordelijk voor mijn daden. Ieder mens kon het breekbare evenwicht verstoren dat samenleven mogelijk maakte. Maar in mijn opstel legde ik uit dat dat gevoel van verantwoordelijkheid je individualiteit en principes niet mag verstikken, dat persoonlijke verontwaardiging ook bestaansrecht heeft en tot uitdrukking mag komen.

Meneer Lafontaine gaf me een goed cijfer voor mijn opstel en vroeg me over de volgende vraag na te denken: 'Hoe ver mag je gaan om een onrechtvaardige samenleving te veranderen?'

Papa sprak met mama over nieuwe tuinmeubels. Hij wilde een tafel van echt teakhout. 'We hebben er het geld voor, Rosanne.' Mama vond het nutteloos en overbodig, maar ze zwichtte voor zijn laatste argument: 'Ik heb me vijftien jaar uitgesloofd in een rotbaan om geld te verdienen. Dat mag ik toch wel aan teakhout uitgeven als ik daar zin in heb, verdomme nog aan toe?'

'Toen we de barbecue kochten vroeg je of we echt zo burgerlijk waren geworden. En nu een tuintafel van teakhout...'

'Ja, we zijn hondsburgerlijk, we hebben geld. Als je daar problemen mee hebt, ga je maar op de barricaden staan.'

Mama, die er niet naar uitzag alsof ze zin had in een revolutie, zelfs niet in een kleine, zuchtte 'Goed dan' en ging verder met de ossobuco.

'Rosanne, ik ga naar de kelder, waar heb je zin in, een barolo of een montepulciano?'

Ik wist niks over wijn. Papa liet me vaak iets proeven, hij vertelde over wijnstreken, bodemsamenstellingen, bouquet, aroma en kruiden. Hij wist veel over wijn en organiseerde proeverijen voor vrienden en collega's. Dan hadden ze het even lang over iedere wijn als ik over de armoede in de wereld sprak als ik een meisje ontmoette. Ik had liever cola.

Het werd een barolo, waarvan papa me kwaliteiten aanprees die ik er niet in terugvond. De kalfsschenkel was daarentegen meesterlijk.

'Papa, hoe ver mag je gaan om een onrechtvaardige samenleving te veranderen?'

'Over welke samenleving heb je het?'

'Maakt niet uit. Een onrechtvaardige.'

'"Onrechtvaardig" is een relatief begrip.'

'Nee. Onrecht is onrecht.'

Nu begrijp ik het, maar die dag dat we ossobuco aten en barolo dronken snapte ik niet waarom papa van tafel opstond en zei: 'Rosanne, ik heb geen trek, ik heb behoefte aan vrienden om me heen.' Ik ging naar mijn kamer, vastbesloten om de vraag te beantwoorden. Later zag ik dat mama de fles barolo had leeggedronken: ze lag op de bank in de salon te snurken met een leeg glas in haar hand. Ik wist niet dat vrouwen snurkten.

Terwijl mama in haar eentje had zitten drinken, had ik geschreven dat de strijd tegen onrecht onbeperkt moest zijn, dat alle onrecht gelijkwaardig was, en denkend aan een uitspraak van Martin Luther King voegde ik nog toe dat iedere burger de plicht had tegen onrechtvaardige wetten te strijden. Ik was niet ontevreden over wat ik had geschreven en ik sloot af met de opmerking dat je geweld en terreur niet moest schuwen als alle andere middelen in de strijd tegen onrecht waren uitgeput. Toen ik naar bed ging, was ik net zo bedwelmd door mijn woorden als ik door een fles barolo zou zijn geweest. Wat wist ik nou over geweld? Ik had nog nooit geknokt, ik had alleen weleens een klap gekregen en was weleens hardhandig geblokt bij het ijshockey. Ik wist nog niet dat terrorisme het woord 'terreur' in zich droeg. Ik kon niet slapen. Ik kwam weer bij van mijn woorden. Eigenlijk vond ik helemaal niet dat je geweld mocht gebruiken en bommen moest leggen als je de uitkeringsschalen van de sociale dienst oneerlijk vond. Zwetend stond ik op en draaide mijn woorden terug. Ik schrapte het woord 'terreur' en liet alleen staan dat je slechts toevlucht tot gewelddadige actie mag nemen als alle andere wegen – politieke strijd en burgerlijke ongehoorzaamheid – op niets waren uitgelopen. Daarna viel ik in een diepe slaap.

Papa wilde niet lezen wat ik de vorige avond had geschreven. Hij had een kater, wat hem er niet van weerhield om zijn krant van begin tot einde door te lezen, hetgeen gepaard ging met veel gemopper en opmerkingen als 'Wat een klootzak' tussen twee slokken door.

'Ik kan het wel voor je samenvatten, ik hoor graag wat je ervan vindt.'

'Ik heb al duizend keer gezegd dat politiek me niet meer interesseert, politici zijn allemaal leugenaars en klootzakken. Je moet leren je te redden zonder die handelaars in ideeën en slogans.'

Papa hield iets voor me verborgen, dat wist ik, maar ik

was er het type niet naar om erachter te komen wat dat was. Waarom las hij *Le Devoir*, die vol stond met politiek en economie, als het hem niet interesseerde? En waarom had ik in een kist in de kelder het *Communistisch manifest* gevonden, *De linkse stroming*, werken van Bakoenin, gedichten van Rosa Luxemburg en een paar exemplaren van een tijdschrift getiteld *Ten strijde*? Maar als puntje bij paaltje kwam stelde ik me tevreden met een uitleg waarmee ik kon leven, want ik hield van mijn ouders. Ongetwijfeld wilden ze me beschermen tegen het onrecht en de wreedheid van de wereld. Al denk ik dat ik die liever samen met hen had ontdekt, stapje voor stapje, waarbij ik uit hun levenservaring en wijsheid had kunnen putten. Nu moest ik die weg alleen afleggen, op mijn eigen manier, en ik begreep dat dat ertoe kon leiden dat ik af en toe, al was het maar een paar uur, geloofde dat terrorisme in een maatschappij als de onze te rechtvaardigen was.

Papa's gebrek aan interesse in de dingen die mij bezighielden leidde er langzaam maar zeker toe dat de band tussen ons minder hecht werd. Want tot dan toe was papa de ideale vader geweest. Hij was streng maar eerlijk, stond altijd voor me klaar en was er altijd. Als ik op mijn methodische, eentonige manier de fijne kneepjes van ijshockey en tennis onder de knie probeerde te krijgen, was hij de doelverdediger, verdediger of vleugelspeler op de ijsbaan in de buurt of de boy in de countryclub die met een emmer ballen bij het net stond en ze naar me toe gooide. Hij miste nooit een wedstrijd, bezocht iedere ouderavond en had me respect voor correct taalgebruik bijgebracht, wat me in staat stelde om door middel van de boeken die ik las te ontdekken en te begrijpen in wat voor wereld ik leefde.

Maar als een langzame, heimelijke, onstuitbare vloed werd het woord 'papa' in mijn hoofd vervangen door 'vader'. Met het verstrijken van de tijd veranderde onze relatie van vorm: vroeger hadden we samengeleefd, nu woonde ik in bij een vader die een eigen leven had terwijl ik het mijne ontdekte. Respect en genegenheid namen de plaats in van bewondering en liefde. Als je dat zo leest, klinkt het alsof er iets vreselijks gebeurde, maar in werkelijkheid gaat zoiets anders. Zonder slag of stoot. Het water komt aangestroomd van de andere kant van de wereld en ongemerkt, golfje na golfje, stijgt het zeeniveau. De baai weet niet wat het water doet, maar het verandert haar. Net als de baai stelde ik geen vragen over mijn nieuwe status van kind zonder papa. Bovendien bleef ik hem papa noemen, uit respect en genegenheid.

Ik richtte de bewondering die ik voor mijn vader had gevoeld op meneer Lafontaine, die al mijn vragen, zelfs de meest idiote, serieus nam en me intellectuele uitdagingen voorlegde waarover ik soms dagenlang moest nadenken.

'Tremblay, ik wil dat je je over de volgende kwestie buigt: wat is voor een burger de verhouding tussen rechten en persoonlijke verantwoordelijkheid?'

Thuis haastte ik me naar mijn kamer om het probleem systematisch te lijf te gaan. Drie vellen papier: op het middelste de burger, op het linker zijn rechten, op het rechter zijn verantwoordelijkheden.

Mijn vader kwam binnen: hij had een bevriend echtpaar uitgenodigd met een dochter die even oud was als ik, en ik werd in de tuin verwacht.

Spijtig liet ik de drie witte papieren voor wat ze waren, maar de drie woorden nam ik mee. Toen iedereen aan elkaar was voorgesteld zei papa dat Marilyne dol was op reizen, dat ze er dol op was nieuwe landen te ontdekken; en Marilyne, die niet op haar mondje was gevallen, somde meteen alle 'exotische' landen op waar ze met haar ouders naartoe was gereisd. 'Haïti is schitterend; het lijkt wel of ze de bergen geschoren hebben om ze nog mooier te maken.' Somber begon ik over de erosie als gevolg van de ontbossing die weer veroorzaakt werd door de armoede. Marilyne zei: 'O, jij weet er heel veel van af. Maar als ze echt zo arm zijn, dan heb ik daar niets van gemerkt; iedereen zag er heel blij uit.' Ik zweeg, ze praatte verder. Van de ene Club Med naar de andere was ze naar Senegal, Mexico en Tunesië gereisd en ze bezigde ieder denkbaar cliché over zwarten, Zuid-Amerikanen en Arabieren, maar ik luisterde naar haar zonder dat het in me opkwam om haar te corrigeren. Ze verkondigde al die banaliteiten met zo'n leuke stem, ze pauzeerde om te glimlachen en boog zich soms naar me toe alsof ze iets vertrouwelijks ging zeggen, waarbij ik de aanzet van haar borsten kon zien. Ik vergat wat ik wilde zeggen en had geen zin meer in discussies. Dat was het moment dat ik begreep dat mijn leerweg met meisjes een pijnlijke ervaring zou worden. Die nacht trok ik me af terwijl ik aan Marilyne dacht. Ik kon de slaap maar moeilijk vatten.

Die begeerte, want dat was het, zou onmogelijk tot liefde kunnen leiden, daar had ik een eed op durven afleggen. Maar ik kon onmogelijk ontkennen dat de begeerte er was, en wel in die mate dat er, toen ik de volgende ochtend achter de drie papieren met de drie woorden zat, niets anders in me opkwam dan dat ik haar borsten wilde zien. Was dat het dier in de mens dat naar boven kwam? Liefde, begeerte, dierlijkheid en vooral de terra incognita van de seks – van al die dingen wist ik niets, en het leek me onmogelijk om én de wereld te leren kennen, én alles te ontdekken over de neuronen en de mysterieuze stromingen van de ziel en bovendien over de geuren en lichaamstaal die, naar men zei, bij seks een rol speelden. Ik wilde de wereld veranderen en ik had geen tijd om al die mysteriën, rillingen, verholen glimlachjes en onbegrepen blikken te leren ontcijferen. En opeens leek mijn weg al voor me uitgestippeld: ik zou het leven leren kennen door het leven zelf.

Voorlopig zou ik moeten versterven, zoals de mystici het noemen, om de gedachte aan de borsten van Marilyne uit te wissen en mijn werkstuk over de rechten en verantwoordelijkheden van de burger af te maken. Ik sloot mijn tekst af met de opmerking dat het uitoefenen van je rechten niet ten koste mag gaan van je plichten en dat het belang van een burger moet wijken voor het algemeen belang.

Meneer Lafontaine vertelde dat hij kleinschalige bijeenkomsten organiseerde waar werd nagedacht over politiek en acties op touw werden gezet. Het groepje deed soms mee met demonstraties van vakbonden of hulporganisaties. Als ik een bijeenkomst wilde bijwonen, was ik van harte welkom. Ik had me verdiept in de ongelijkheid in de wereld, racistisch geweld, dictaturen en burgeroorlogen, maar over de armoede hier wist ik weinig, behalve dan wat er op televisie over werd verteld. Bij de eerste bijeenkomst kreeg ik meer dan eens een enorme schok te verduren.

Op die mooie dag aan het begin van de herfst vertrok ik naar het huis van meneer Lafontaine, die in Pointe-Saint-Charles woonde. Kleine huisjes van gebarsten rode bakstenen die direct aan de stoep stonden, televisies die door de open ramen blèrden, armoedig geklede kinderen die op straat speelden, en heel veel bejaarden die schijnbaar doelloos rondwandelden. Geschreeuw, lawaai, vuiligheid, onbekende geuren, verroeste auto's, vrouwen met overgewicht die op de stoep van hun huis zaten. Een bouwval had ik weleens gezien, maar een hele straat vol nog nooit; een armoedzaaier ook weleens, maar een hele wijk vol nog nooit. Ik ontdekte dat er in mijn eigen land ook onrecht bestond. Het was een ander soort armoede, maar armoede was het wel degelijk. Hier geen stinkende hutten waarin grote families op elkaar geperst zaten, maar wel stinkende bouwvallen waarin grote families op elkaar geperst zaten. Geen mensen die van de honger stierven, zoals in een arm land als Ethiopië, maar wel Québecois die in een van de rijkste samenlevingen op aarde nauwelijks hun maag konden vullen.

Ik liep langzaam, en af en toe hield ik mijn pas in om alles beter te kunnen zien. Ik voelde me niet goed. Ik was geen waarnemer, ik was een voyeur, een reiziger in een ver land. Ik maakte foto's in mijn geest om later beter over mijn reis te kunnen vertellen.

Het huis van meneer Lafontaine stak scherp af tegen de panden ernaast. De gevel was gerestaureerd en de bakstenen hadden een stralend rode kleur waarvan ik nu weet dat hij vermiljoen heet. De donkerhouten vensters waren versierd met plantenbakken boordevol geraniums en viooltjes. Een jonge wingerd begon de baksteen te bedekken.

'Ik ben hier gaan wonen omdat ik in de echte wereld wilde leven,' zei meneer Lafontaine met een gebaar dat de hele wijk omvatte.

In plaats van de lakleren schoenen die ik van hem ken-

de droeg hij sandalen, en verder een verschoten spijkerbroek en een zwart T-shirt waarop in rode letters stond:
'Wet noch geloof'.

'Kom binnen.'

Zijn informele toon verraste me. Het huis was één grote
bibliotheek. Muren vol boeken, stapels boeken in de gang
en op de keukentafel. Het was ook een schrijn. Reproducties van Picasso, portretten van Karl Marx en Rosa Luxemburg, een affiche van de Bende van Bonnot, de beroemde foto van Che Guevara en een foto van Castro.

'We zitten te praten over een kleine demonstratie in no-
vember waar we aan mee willen doen.'

Een stuk of vijftien mensen, die allemaal hetzelfde
T-shirt droegen, hadden zich in de eetkamer verzameld.
Meneer Lafontaine zei alleen: 'Claude', en de discussie
werd hervat. Al snel begreep ik dat de groep infiltreerde
in demonstraties van pressiegroepen of maatschappelijke
hulporganisaties en met provocatietechnieken probeerde
de autoriteiten, in het bijzonder de politie, te dwingen in
actie te komen. Men sprak over de slavernij van het kapitalisme, politienazi's, staatsonderdrukking en klassen-
strijd. Het taalgebruik leek me nogal overdreven, en verlegen mompelde ik een zwak voorbehoud. Ze keken me
aan alsof ik zelf zo'n politienazi was. 'Claude is nog jong,
hij ontwikkelt zich nog, maar ik denk dat hij uiteindelijk
heel goed zal begrijpen dat een gerechtvaardigd doel alle
middelen heiligt.' En toen barstte Maria los.

'Mijn moeder ligt in Chili in haar graf te kronkelen en
te brullen van de pijn.' Door haar sterke Spaanse accent
klonken haar woorden als een nogal grappige melo-
dramatische tirade, maar ik hield mijn lachen in. 'Ik, een
vrouw wier moeder is verkracht, gemarteld, verdwenen en

waarschijnlijk in een kuil geworpen, ik zal strijden, ik zal krabben met mijn klauwen tot ik het bloed van de onderdrukker zie.' Wie was hier dan de onderdrukker? Het kapitalisme soms? Maar het kapitalisme groef geen kuilen voor de moeders van Maria's. Haar armen maakten flamencoachtige bewegingen, haar ogen spuwden vuur. 'De strijd in Chili en Québec is een en dezelfde,' besloot ze. Ze was bloedmooi.

Een deel van mij, het deel waar ik niet van hou omdat ik het niet in bedwang heb, betoogde dat ik haar standpunt beter zou begrijpen als ik haar beter kende.

Voor een rationeel en bedaard persoon als ik is het angstaanjagend om te merken dat een enkele blik van een vrouw alle zekerheden die je jarenlang systematisch hebt opgebouwd, aan het wankelen kan brengen. Maar ik had besloten dat het leven zelf me over vrouwen zou leren. Trouw aan mijn plan liet ik het leven dus zijn gang gaan.

Nieuwsgierig luisterde ik naar Maria's plan de campagne. De Kamer van Koophandel van Montréal organiseerde een gastronomisch buffet voor tweehonderd dollar per couvert in het Hotel Reine Elizabeth. De opbrengst ging naar voedselbanken en gaarkeukens. De begunstigden van deze bedrijfsliefdadigheid hadden een demonstratie georganiseerd omdat ze vonden dat een veel te klein deel van de opbrengst bij hen terecht zou komen. Maria was van plan om het buffet te plunderen: we zouden de foie gras, kwartels, filet mignon en zalmtimbaaltjes stelen en ze symbolisch verdelen onder de hulporganisaties die voor het hotel stonden te demonstreren.

Mijn rationele geest vond de ene zwakke plek na de andere in haar plan. In de allereerste plaats was er de ethische kant. We gingen schade toebrengen aan de doelstellingen en reputaties van de organisaties die zich inspannen om degenen die niets hadden van voedsel te voorzien. Onze actie zou de geloofwaardigheid ondermijnen van organisaties en actievoerders die hun doelen langs een vreedzame, politieke weg wilden bereiken. Er zou alleen over ons gepraat worden. Maar deze keer hield ik mijn mond. Aan degenen om wie het echt ging zou niet meer gedacht worden: de bejaarde uitkeringstrekkers, de mensen die zich inzetten om kleine plaatsen van overvloed te scheppen, de vrijwilligers, kortom de goede mensen... Door wat wíj wilden doen, zouden zíj schade oplopen, alsof onze interpretatie van wat er moest gebeuren, onze radicale werkwijze meer waard was dan hun geduldige en langdurige benadering die vaak de arbeid van een heel leven was. Maar Maria's hartstocht en furieuze elegantie maakten korte metten met alle ethiek, als een warme windvlaag die de bladeren op een goed aangeharkt gazon laat opwaaien.

Wanneer ze het haar uit haar gezicht veegde, deed ze dat met een onvoorstelbaar gracieuze armbeweging. Mijn bedenkingen over de manier waarop we de zaal zouden binnendringen (met z'n allen en met geweld of een voor een en ongemerkt), hoe we het voedsel zouden vervoeren, met onze zware lading zouden ontkomen en de vruchten van onze revolutionaire plundertocht bij de voedselbanken konden afleveren – al die ongestelde vragen werden met één dansende beweging weggeveegd.

De groep begon warm te lopen. Men feliciteerde elkaar. Maria glimlachte, misschien dacht ze aan haar moeder die in een kuil lag. Je kunt triest zijn en toch glimlachen. Ik wilde in het enthousiasme delen en riep dat we Robin Hoods waren, die stalen van de rijken om het onder de armen te verdelen. Als Maria me had kunnen vermoorden...

Meneer Lafontaine redde me door te zeggen dat Robin Hood, Arsène Lupin en de Bende van Bonnot eenvoudige begrippen waren om een complex onderdeel van de revolutie te beschrijven. Maria hield haar dodelijke blikken weer bij zich.

Volwassen worden is geen beslissing die je neemt; het is iets wat je overkomt, de volwassenheid nestelt zich ongemerkt, en pas veel later kun je aan een vrouw die je het hof maakt of een vriend vertellen: 'Dat was het moment waarop ik volwassen werd.'

Toen ik naar de metro liep, bedwelmd door mijn kersverse revolutionaire elan, overtuigd dat ik, zeventien jaar oud, deel ging uitmaken van een belangrijk moment in de bewustwording van de massa, bedacht ik dat ik eindelijk een doel had: een wereld bouwen voor de kinderen van morgen. Die kleintjes zouden niet op straat hoeven spelen. Deze bouwvallen zouden waardige, solide arbeidershuisjes worden.

'Papa, ik ga meedoen aan mijn eerste protestactie. We gaan...'

'Ga je demonstreren? Da's allemaal onzin voor dromers en uitschot.'

'Nou overdrijf je. Je gaat me toch niet vertellen dat jij in je jeugd nooit actie hebt gevoerd?'

'O ja hoor, zeker wel. Maar het is allemaal tijdverspilling. Je kunt toch niks veranderen. Daar is het al te laat voor. Maar dat begrijp jij toch niet.'

Ik voelde iets van minachting, een onmiddellijke, instinctieve afwijzing van de hoop die in mijn woorden doorklonk. Hij verweet me dat ik niet meer zo vaak tenniste. Hij nipte aan zijn whisky, maar hij had net zo goed in één keer een half glas achterover kunnen slaan, zo snel volgen de slokjes elkaar op, in een snel, regelmatig ritme, alsof hij een machine was die geprogrammeerd was om systematisch en methodisch vloeistof te absorberen. Sinds wanneer was zijn gezicht nog grijzer dan zijn haar, waren zijn schouders zo krom, had hij die rimpels bij zijn ogen die ik nooit eerder had gezien, alsof ze tijdens de korte tijd dat ik buitenshuis was geweest zijn gezicht hadden uitgewist? Waarom had ik niet eerder gezien dat mijn vader naar de afgrond gleed, dat hij steeds meer ging drinken?

Het ging niet goed met hem. Dat stelde de volwassene die ik was geworden vast; het kind dat ik ook nog was, raakte door die ontdekking van streek en trok zich terug op zijn kamer zonder iets te vragen, zonder erop door te durven gaan; het leek of ik alleen buitenshuis en op mijn kamer volwassen was, niet in het bijzijn van mijn vader of moeder. Vooral niet in het bijzijn van mijn vader. Zijn norsheid, zijn cynisme, zijn kant-en-klare antwoorden brachten me van mijn stuk; het leek of ik ervan overtuigd was dat ze slechts een façade waren om een pijnlijk leed, een geheime wanhoop te verbergen. Op je zeventiende vraag je niet aan je vader waarom hij nooit serieus antwoord geeft, waarom hij steeds meer drinkt en waarom zijn gezicht nog grijzer is dan zijn haar. Mijn vader behoorde tot een deel van het leven waarop ik geen analyses wilde loslaten, waar ik niet eens rekening mee wilde houden. Ik constateerde dat ik hem niet begreep en trok me terug in de buitenwereld die ik steeds beter begon te begrijpen. Het leven zou de mysteries wel voor me ontrafelen. Ik had mijn boeken en de tekst over armoede in Montréal die meneer Lafontaine me had gegeven. De argumentatie was heel aantrekkelijk: armoede is relatief, niet absoluut, en proportioneel aan de omringende rijkdom. Ook al is een arme van hier honderdmaal rijker dan een arme in Rwanda, in hun lichaam en geest zijn ze allebei even arm, en blablabla. Dat blablabla zeg ik er nu bij. Inmiddels heb ik arme Afrikanen ontmoet die maar wat graag arme Québecois zouden zijn; omgekeerd nog nooit. Wel ontdekte ik dat armen zoals ik die in de wijk van meneer Lafontaine had gezien meer voorkwamen dan ik dacht. Het versterkte mijn besluit om actie te ondernemen. Dat, en de koolzwarte ogen van Maria.

5

Het was er het weer niet naar om een slecht geklede armoedzaaier de straat op te sturen, en toch stonden er zeker vijftig op het trottoir. Een novemberbui, meer regen
dan sneeuw, plakte in enorme natte vlokken aan kleren en
gezichten. De wind, die zwaar was van het vocht, doorweekte ieders kleding. De demonstranten waaronder wij
ons gemengd hadden riepen beleefde slogans en wij namen ze over: 'Geen foie gras maar gehakt!' 'Banketten voor
de rijken, niks voor de armen!' Het was een symbolisch
protest, met als enig doel dertig seconden zendtijd na een
minuut over de liefdadigheid van degenen die aan de foie
gras zaten.

We waren met een man of twintig en we dachten aan
onze instructies. We deden of we elkaar niet kenden, we
droegen geen borden, we hadden ons verspreid en liepen
mee met de rij betogers die rondjes liep voor de deur van
het Reine Elizabeth, onder het welwillend oog van vier
politieagenten die even verkleumd waren als wij. Toen
meneer Lafontaine en Jorge, nog een Chileense vluchteling, het hotel binnen stormden, gingen twee agenten achter hen aan; Katarina, een jonge zwangere vrouw, verdween met de derde politieman achter zich aan en die riep
zijn collega te hulp. Meneer Lafontaine en Jorge sloegen
links af en renden richting de roltrap naar het centraal

station onder het hotel. Ze legden de politiemannen uit dat ze een trein moesten halen. Toen stormden we met een man of tien naar binnen. De trap op en we stonden in de grote eetzaal. Maria stond vlak naast me. We wilden een paar schalen voedsel meenemen en ze aan de vertegenwoordigers van de armen geven, om daarna als Robin Hoods op te lossen in de met grote sneeuwvlokken doorweekte natuur. Maar de dinergasten zagen dat anders. Ze probeerden ons de weg te versperren en sommigen deelden zelfs klappen uit om de duurbetaalde etenswaren van onze razzia te redden. Maria greep een grote schaal en ik twee kreeften. Een trap af, door de uitgang naar de rue Mansfield, mensen die ons signalement opnamen, rechtsaf de boulevard René-Lévesque op om weer bij de demonstratie te komen. Vooral ik trok de aandacht met mijn twee kreeften. Er was niemand meer. De armen en hun vertegenwoordigers waren vertrokken. Maar als een echte verzetsstrijder liet Maria zich door niets uit het veld slaan.

'We nemen een taxi, Claude,' zei ze en ze dook er een in. Ik volgde haar met mijn kreeften. In de taxi was het doodstil; de chauffeur, die in zijn achteruitkijkspiegel naar de schaal en de twee kreeften keek, hield ons wantrouwig in de gaten. Ik keek onophoudelijk door de achterruit, overtuigd dat de politie ons op de hielen zat.

Het appartement aan de avenue du Parc, boven een Grieks café, was piepklein. In de woonkamer hingen een foto van Allende en het beroemde portret van Che aan de muur. Op de vloer lagen stapels boeken. Een Cubaanse vlag scheidde de woonkamer van de keuken.

Ze zet de schaal op tafel. 'Wat is dit?' Paté, zeg ik. Roze plakken met bruine stukjes kastanje in een goudkleurige gelei. 'We mogen geen voedsel verspillen,' zegt Maria. En ze keert terug uit de keuken met bestek en twee borden. Ik zeg: 'Toch is het grappig.' Maria antwoordt dat de revolutie nooit grappig mag zijn. In stilte verorberen we de kreeften. En ik vind het niet meer grappig. Ik denk aan de volslagen mislukking van deze operatie. Twee revolutionairen die twee kreeften en een paté opeten: een vernederende nederlaag.

Ik zoek een gepaste en beleefde manier om mijn vertrek aan te kondigen. Ik pas ervoor om over de mislukking te spreken.

'Heb je zin in seks?' Op dezelfde toon zou ze me koffie hebben aangeboden. Koffie ken ik, seks niet. Ze staat op en ruimt de tafel af. Ik hoor hoe ze achter de Cubaanse vlag de schalen wegzet en de paté weggooit. Kijken creëert begeerte, en begeerte leidt tot liefde.

'Nou?' Als ze zo voor de Cubaanse vlag staat, rechtop en met haar handen op haar heupen, is een opkomende erectie onvermijdelijk. Begeerte dus. Maar ik denk aan mijn methode.

'Ik wil graag kijken,' zeg ik timide en ik steek een lang verhaal af over blikken, begeerte en liefde, maar ik zet de woorden niet in de juiste volgorde, ik stamel halve zinnen.

Ze trekt haar T-shirt uit, dan haar bh. Ze glimlacht niet. Ze staat daar maar voor de vlag van Fidel, als een standbeeld van de revolutie. Ze kijkt me niet eens aan.

'En nu?' Ik antwoord niet. Begeerte ontstaat niet uit een bewonderende blik. Ze heeft de mooiste borsten die ik ooit heb gezien, de enige borsten die ik ooit heb gezien behalve die op de schilderijen in de encyclopedie. Maar zin om ze aan te raken heb ik niet. Ze trekt haar spijkerbroek uit en zet haar voeten een eindje uit elkaar. Ze is helemaal naakt en voor het eerst van mijn leven zie ik een vrouwelijk geslachtsdeel. Ze kijkt afwezig. 'Nu je hebt gekeken, kun je gaan aanraken.' Nee. Zo begin je niet aan je liefdesleven. Ik moet hier weg, ik ga weg. Ik drink een biertje in het vuile, armoedige Griekse café. Oude, dikke heren met kleren uit een andere tijd achter een gokkast.

Ik zal nooit iets van vrouwen begrijpen. Ik moet mijn excuses aanbieden. Ik bel aan. Maria accepteert mijn eindeloze en onhandige excuses, en terwijl ze onder het roken van een stinkende sigaar door de kamer ijsbeert, geeft ze me uitleg. Verlangen moet puur seksueel zijn, van enige genegenheid mag geen sprake zijn. Verlangen dat voortkomt uit verliefdheid is een bedenksel van de bourgeoisliteratuur en leidt tot verslapping van de revolutionaire strijdlust. De strijder moet het dierlijke aspect van zijn natuur aanvaarden en zijn seksuele behoeften bevredigen, maar wel op een objectieve manier die de strijd niet hindert. Ze knielt voor me neer en maakt mijn riem los, ik sta te trillen, ze trekt mijn spijkerbroek en onderbroek naar beneden, ik weet niet wat ze doet, ze neemt mijn geslacht in haar mond. Ik dacht dat een erectie voortkwam uit begeerte, maar nee. Ze komt overeind, klimt op de bank en gaat op me zitten. Dan gaat ze aan het werk, ze werpt haar hoofd achterover, kijkt naar het plafond. Ik ben niets dan een stuk gereedschap waarmee ze een klus klaart.

Pas toen ik was klaargekomen, voelde ik verlangen. Ik wilde haar kussen. Ze duwde me weg.

Toen ik de trap af liep vroeg ik me af of ze hetzelfde morgen met een ander zou doen. Ik was nu al jaloers en ik wilde niets liever dan haar terugzien. Niet vanwege de revolutie, maar enkel en alleen om haar, zij die me niet had aangekeken of gekust, die zich had bevredigd en me toen had teruggeworpen in mijn jonge onwetendheid, maar die me ook had ingewijd in het vreemde lijden van seksueel genot.

Daarna werd ik volledig in beslag genomen door de betrekkelijkheid van armoede. Maria was nu bezig met betaalbare huisvesting en stelde voor om het FRAPRU te infiltreren, een maatschappelijke organisatie die in hoog aanzien stond, hoewel haar aanbevelingen zelden werden opgevolgd. Hoezeer ik ook mijn best deed – aantekeningen maakte, de bouwreglementen uit mijn hoofd leerde evenals de artikelen van de huurwet, de verhouding tussen het aantal huur- en koopwoningen en de zwarte lijst van verhuurders – Maria besteedde op de bijeenkomsten geen enkele aandacht aan mijn opmerkingen en bevindingen. Wel wekte ik de bewondering en goedkeuring van meneer Lafontaine, die benadrukte dat revolutionaire strijdlust moet steunen op een grondige analyse van de feiten. Ik zocht geen contact met Maria. Ik wachtte tot het nog eens zou gebeuren: ik was ervan overtuigd dat ze het zou laten weten als ze me nog eens wilde bestijgen.

'Papa, is de mens een dier?'

'Ja.'

'Helemaal?'

'Nee. De mens heeft ook een bewustzijn.'

'Mag hij zich puur als dier gedragen, als hij seks heeft bijvoorbeeld?'

'Natuurlijk.'

'En mag hij de loop van zijn menselijk leven veranderen vanwege zijn dierlijkheid?'

'Natuurlijk.'

'Mag hij zijn doelstellingen ervoor veranderen?'

'Ja.'

'Maar hoe kun je je als een dier gedragen zonder je geweten onrecht aan te doen? Terwijl je dus wel menselijk blijft, bedoel ik?'

Papa schonk een glas whisky in dat hij in één teug achteroversloeg. Toen nog een. Zag ik een traan? Een emotie? Er trok een soort waas voor zijn ogen. Een sluier. Ik zei dat het me speet dat ik hem van streek had gebracht. Hij stamelde dat het niets te betekenen had, dat hij moe was. Ik ging naar mijn kamer voordat hij in huilen uitbarstte, want ik was oud genoeg om te vermoeden dat er op de mist regen zou volgen.

Mijn verlangen om opnieuw door Maria te worden genomen schopte al mijn zekerheden, logische analyses en behoedzaamheid in de war. Maria's status van vluchtelinge, van dochter van een moeder die in een kuil was verdwenen, gaf haar een buitenproportioneel grote invloed op de groep. Ze had een slogan voor iedere situatie, een kort maar krachtig weerwoord op iedere rationele tegenwerping. Ze sprak altijd rap, gooide haar haar achterover, smeet moordende blikken in het rond en dreef de spot met iedereen die terughoudend of voorzichtig was. Volgens mij was ik niet de enige die ervan overtuigd was dat Maria ons naar de doodlopende steeg van anarchie en pure provocatie leidde. Maar wie waren wij, welgesteld en kleinburgerlijk als we waren, om de stem van de vleesgeworden revolutie tegen te spreken? Hadden wij weleens geleden? Zij wel, tot in het diepst van haar wezen zelfs, in al haar herinneringen. Haar woede en hartstocht maakte ons kleiner, confronteerde ons met onze comfortabele leventjes en onze angst voor risico's. De actie in het Reine

Elizabeth was op een enorm fiasco uitgelopen, maar niemand trok het onderliggende idee in twijfel. Maria wist ons allemaal mee te krijgen door in te spelen op onze gevoelens van schaamte over het feit dat onze moeders niet in een kuil lagen. En in mijn geval hoefde ze alleen maar te bewegen om iedere vorm van kritisch nadenken onmogelijk te maken.

6

Mijn moeder vroeg waarom ik me tegenwoordig steeds meer in lokale aangelegenheden interesseerde en niet meer in het wereldnieuws. Het was maar een excuus, want direct daarna vroeg ze hoe ik vond dat het met mijn vader ging. Ze zei niets over zijn grijze gezicht, zijn whisky, zijn stilzwijgen, de afstand die er tussen ons was ontstaan alsof hij niet meer bij ons woonde maar naast ons, parallel aan ons, in dezelfde straat maar aan de overkant.

Ik antwoordde dat armoede hier begint, en dat je om de wereld te veranderen eerst moet zorgen dat alles hier rechtvaardig is.

'En wat vindt je vader daarvan?'

'Die wil er niet over praten. Die zegt dat het allemaal is zoals het is, dat de wereld nou eenmaal die kant op gaat en dat je daar niets aan kunt doen.'

'Wist je dat je vader voordat hij ambtenaar werd... Nou ja, dat doet er ook niet toe. Volgens mij is hij moe. Je hebt gelijk, er moeten hier ook dingen veranderen, maar je mag nooit vergeten dat er mensen zijn die er objectief veel slechter aan toe zijn, die nog veel erger worden uitgebuit.'

Mama, de pr-adviseur, de persagent van Robert Charlebois, die kaartjes kreeg voor iedere première, die kleren kocht bij Holt Renfrew en meubels bij Roche-Bobois, had de woorden 'objectief' en 'uitgebuit' gebruikt. Dat moest een vergissing zijn, een soort verspreking die te wijten was aan de manier waarop woorden een plaats vinden in het landschap zonder dat iemand over hun betekenis heeft nagedacht.

7

Op school ben ik niet meer in alles de beste. Ik ben uit het ijshockeyteam gezet en verlies regelmatig met tennis. Sinds ik een stoppelbaardje laat staan en mijn haar laat groeien, zitten er meisjes achter me aan. Het doet me niks. Ik heb niet veel vrienden meer over, want ik maak ze onophoudelijk verwijten omdat ze de wereld niet willen veranderen. Ik betoog en proclameer. Ik luister naar niemand. Ik praat net als Maria, hoewel haar moeder in een kuil ligt en de mijne vandaag met Robert Charlebois naar een televisie-uitzending gaat. Na een discussie over de vraag of we bouwvallen in brand gaan steken geef ik Maria mijn telefoonnummer, op een papiertje waarop ik ook een paar suggesties over het plan heb genoteerd. Ze maakt er een propje van. Waarom zou je die bouwvallen niet opknappen, waarom zou je geen constructieve daad stellen in plaats van een verwoestende? De telefoon gaat nooit. Ik leer mijn dierlijke kant met masturbatie in toom te houden, maar die onstuimige bezigheid laat een bitter schuldgevoel bij me achter, alsof ik Maria bedrieg. Op de bijeenkomsten heeft Maria inmiddels de leidersrol. Meneer Lafontaine doet zijn mond bijna nooit meer open. De debatten worden gemonopoliseerd door nieuwe leden. Twintigers. Gekleed in spijkerbroeken en singlets en met kettingen aan hun riem. Ze willen actie. De maatschappij is verrot. Dat is ook zo, de maatschappij is een zootje, maar je moet die zooi verklaren en analyseren en je doel-witten zorgvuldig uitkiezen. Ik denk na en hou m'n mond. Het zal me vast nog weleens lukken om de logica en de begeerte, de feiten en de hartstocht, met elkaar te verzoe-nen.

Maria heeft het niet meer over bouwvallen: ze oreert over het Amerikaanse imperialisme dat de oorzaak is van alle onrecht in de wereld, en over de symbolen daarvan die vernietigd moeten worden. 'Laten we eerst die bouwval-len doen,' zou ik kunnen zeggen. Ze houdt niet op over McDonald's, dat in Latijns-Amerika de boeren uitbuit en hier de armen vergiftigt. Ik zeg niks, ik zoek haar blik. Maar Maria wil een McDonald's verwoesten, dus heeft ze geen tijd om mij aan te kijken; maar hoe meer haar plan gestalte krijgt, hoe duidelijker haar hartstocht doorklinkt in haar blikken en gebaren, hoe begeerlijker ze worden. Het is stompzinnig om een restaurant te verwoesten, maar toch doe ik mee, hoewel de oude garde in de groep niet warmloopt voor het idee en meneer Lafontaine bedenkin-gen uit over de opportuniteit van een gewelddadige actie die niet berust op een breed gedragen maatschappelijke onvrede. 'Doe niet zo bourgeois!' sist een latino. 'Shit man, maatschappelijk bewustzijn komt vóórt uit geweld!' Mijn mentor houdt zijn mond; ik zie Maria instemmend kijken.

Het plan is eenvoudig: we vinden een relatief afgelegen McDonald's, slaan de ruiten kapot met een moker en gooien een stuk of tien molotovcocktails naar binnen, goed verspreid zodat het hele restaurant gaat branden, en dan maken we dat we wegkomen. Geen woord over het alarmsysteem dat bij de eerste mokerslag zal loeien, geen woord over hoeveel tijd we hebben en de manier waarop we gaan vluchten. We slaan gewoon onze slag en lossen op in de natuur, midden in de nacht. Maria deelt een instructieblad uit over hoe je molotovcocktails maakt en raadt ons aan om er ter oefening alvast een paar te maken. Meneer Lafontaine verklaart dat hij het niet eens is met deze anarchistische ontsporing en dat de groep wat hem betreft heeft opgehouden te bestaan. Voortaan spreken we af bij Maria.

Ik kan me mijn eerste poging nog herinneren. Ik had een fles van een Côte de Beaune Village gevuld met barbecueaanmaakvloeistof, maar ik had de hals niet goed dichtgestopt. Toen ik hem in een park tegen een rots gooide, kwamen er alleen een armetierig vlammetje en een klein plofje. De volgende dag probeerde ik het opnieuw, ditmaal met een fles Johnny Walker Black Label. De rots ontplofte, het park lichtte op. Ik maakte me zo snel als ik kon uit de voeten; en op de terugweg naar huis, op een paar honderd meter van het park, hoorde ik sirenes. Mijn vader vroeg of ik die ontploffing had gehoord. Die nacht kon ik niet slapen, ik slingerde heen en weer tussen het opzwepende gevoel dat ik in een wereld van actie was beland en het angstaanjagende, bizarre gevoel dat ik in een karretje van een achtbaan zat en er niet uit kon, wat me tegelijkertijd een heerlijk gevoel en koude rillingen gaf.

Ik volgde de lessen van meneer Lafontaine nog steeds met veel belangstelling. We waren stilzwijgend overeengekomen dat we niet over Maria zouden praten. Maar dat ik nu met haar meedeed, dat ik in actie was gekomen, brandend van hoop, ondermijnd door angst en twijfel, daar was hij medeverantwoordelijk voor. En het was uit een vorm van erkentelijkheid voor de rol die hij in mijn leven had gespeeld dat ik hem de dag voor de aanval op de McDonald's in de rue de Bellechasse deelgenoot maakte van ons plan. 'Jullie begaan een enorme vergissing, Tremblay, maar leren doe je met duizend omwegen.'

8

Thuis waren er zoveel lege flessen voorhanden als ik maar wilde. Voor mijn vuurdoop koos ik een Vosne-Romanée, waarover mijn vader de vorige avond de hele maaltijd lang de loftrompet had gestoken en zelfs daarna nog, toen hij van een oude armagnac nipte die hem zo te zien meenam naar een land van dronkenschap en een dof, en af en toe rancuneus, verdriet. Ik hield me verre van de bedwelming van de alcohol, maar tegen die van de actie had ik geen bezwaar, alsof die nobeler en minder moordzuchtig was.

Het kost tijd om een man te worden, meer tijd dan de leeftijd waarop je volgens de definitie volwassen bent. Wat betreft theoretische kennis over de grote vraagstukken en perverse complexiteit van de wereld was ik bijna een man. Wat betreft het leven zelf dobberde ik doelloos rond op een zee van puberale naïveteit. Noch van de stromingen, noch van de stormen had ik enig idee, ik laveerde overal tussendoor, maar had geen flauw benul hoe ik te midden van al die rukwinden op koers moest blijven. De zee voerde me mee.

Wat daadkracht betreft: ik herinnerde me dat mijn benen me op de trap van het Reine Elizabeth in de steek hadden gelaten, alsof ik nooit een atleet van niveau was geweest. De diefstal van de twee kreeften had mijn reflexen verlamd en de trap was ik af gewankeld.

Maria had het stukslaan van de drie ruiten – de eerste aanvalsgolf – aan haar latino's toevertrouwd; de doorgewinterde anarchisten had ze de taak gegeven om de brandbommen te gooien. Ik en een paar andere leden van de groep vormden de derde golf.

Het doelwit was goed gekozen. De McDonald's in kwestie lag achter een groot park en aan de overkant van de straat, waar 's nachts weinig auto's reden, waren alleen winkelpanden. De latino's gingen met revolutionair elan in de aanval en de drie vensters spatten uiteen. De eerste molotovcocktail bracht applaus teweeg. Jezus, dit was toch geen voorstelling! En toen werd het restaurant als bij toverslag van binnenuit verlicht. Ongeveer dertig agenten, gekleed in kogelvrije vesten en gewapend met automatische geweren, doken op uit de schaduwen. Ze hadden gewacht tot we de ruiten hadden ingeslagen om te bewijzen dat we criminele bedoelingen hadden en ons één molotovcocktail laten gooien om ons brandstichting ten laste te kunnen leggen. Volkomen op heterdaad. Een makkie voor de officier.

Ik weet niet precies waarom, maar toen een agent me de boeien omdeed en zei dat ik het recht had om te zwijgen en dat alles wat ik zei tegen me kon worden gebruikt, voelde ik me vrij, alsof er een enorme last van me afviel. Maria stond te brullen, ze spuwde anti-imperialistisch venijn en schopte naar de politiemannen. Maria was belachelijk, en mijn bijrol in dit cowboyverhaal bracht me terug naar de werkelijkheid. Het was hoog tijd dat ik weer tot mezelf kwam.

Bij de kinderrechter bekende ik schuld, en ik werd veroordeeld tot drie maanden jeugddetentie. Ik bedacht dat ik drie maanden de tijd zou hebben om over mijn toe-komst na te denken. En terwijl ik in een kamertje van drie bij vijf meter nadacht over geweldloze manieren om de wereld te veranderen, maakte mijn vader er een eind aan.

Hij liet een kort briefje achter dat waarschijnlijk aan hemzelf gericht was. 'Waarom zou je blijven leven als je over alles hebt gedroomd en er niets voor doet?'

Ik had een restaurant aangevallen en mijn vader ge-dood. Ik voelde me verantwoordelijk, maar niet schuldig.

Had ik van Maria gehouden? Nee, want geen cel in mijn lichaam reageerde op het bericht dat ze naar Chili was uitgezet.

9

Vier-één voor Nederland. Mensen bestrijden de eenzaamheid door uit allerlei kleine zaken een benadering van geluk te bouwen, te creëren. In de strijd tegen eenzaamheid richt je je op kleine geneugten die in het verschiet liggen: een maaltijd, een wandeling, een voetbalwedstrijd waarbij je je met een van de teams kunt identificeren, een eend die je meent te herkennen in het park dat je doorkruist op weg naar het Hof, of een cadeautje. Voor vanavond had ik mijn geluk laten afhangen van een Franse overwinning. De reis naar Bunia is afgelast en Frankrijk wordt vernederd. Maar toch denk ik aan mijn moeder, aan de avond dat ik terugkeerde na de drie maanden jeugddetentie en de zelfmoord van mijn vader.

10

Mijn ouders hebben elkaar ontmoet bij een lezing van René Dumont, de Franse agronoom die *De valse start van Afrika* had geschreven. Hij, Julien, studeerde filosofie, maar droomde ervan om in Afrika te gaan werken én om komiek te worden, vroeg zich ondertussen af of rechten niet beter bij hem paste en fantaseerde soms over het priesterschap, maar dan wel als priester-arbeider. Zijn idealisme, naïveteit en gulheid waren al even charmant als zijn verlegenheid. Zij, Rosanne, voerde revolutie, meestal in Bretonse crêperies en soms bij betogingen die ze uitkoos aan de hand van degene ze het laatst had leren kennen. Wat haar, afhankelijk van de crêpe, marxistisch-leniniste, trotskiste, maoïste en anarchiste maakte. Mijn vader noemde haar zijn Rosa Luxemburg.

De revolutie bestond uit twee kampen: er was het rechtlijnige kamp – of dat Sovjet, Chinees of Algerijns was maakte niet uit, maar het was altijd streng en puriteins. En dan had je de *revolución* – met sigaren, macho's en *pasionarias*. Het Cubaanse model won het al bij voorbaat van alle andere: de wereld veranderen terwijl je rum zuipt en je je suf neukt.

Voor mijn moeder was de revolutie een hobby. Papa hoorde haar slogans en kant-en-klare leuzen en begon alle boeken te lezen die zij nooit had gelezen maar waar ze continu uit citeerde: Marx, Engels, Bakoenin, Lenin, Trotski en Mao. Julien werd geen communist om haar te versieren, maar wel denkt mijn moeder dat zij hem ongewild op het spoor heeft gezet.

Hij verruilde de filosofie voor de politicologie. Voor haar was de revolutie een vermaak, een uitlaatklep, een roes. Niet langer was ze de dochter van haar bourgeois moeder, die eigenaresse was van de grootste artistieke productiemaatschappij van Montréal. Ze was Rosa Luxemburg.

Toen kwam de proletarische periode waar mama aanvankelijk dolblij mee was. Leven te midden van de uitgebuiten in Saint-Henri, discussiëren met arbeiders, werklozen en uitkeringstrekkers: de verschoppelingen van de aarde. Na zijn doctoraal verliet Julien de universiteit en wijdde zich een paar maanden lang aan het opzetten van een tijdschrift, *Ten strijde*. Hij was in een rechtlijnige marxistisch-leninist veranderd. Ze snapte niets meer van zijn betogen over de oprichting van een revolutionaire voorhoede door middel van infiltratie. Hij ging als verpleeghulp in het Hôtel-Dieu-ziekenhuis werken. Iedere ochtend stond hij om zes uur bij een fabriekspoort om met een paar kameraden traktaten uit te delen. In het ziekenhuis infiltreerde hij in de vakbond en hij stond dertig procent van zijn salaris af aan de Partij. Zijn buren aten andere dingen dan hij, spraken haast een andere taal en stemden op de meest reactionaire partijen die je je kon voorstellen. Maar Julien hield vol. Mama's liefde voor het proletariaat doofde. Na drie jaar revolutionaire praktijk, doodlopende wegen en teleurstellingen verklaarde mijn vader dat het kapitalisme had gewonnen omdat de arbeiders consumenten waren geworden. Je moest meedoen met het systeem en het van binnenuit veranderen. Julien werd ambtenaar bij het ministerie van Onderwijs. Rosanne was zwanger van mij. Schoonmama hielp ze een huisje te kopen in de rue Waverly, net op tijd, zodat ik in een geschikte omgeving geboren kon worden. Mijn moeder hervond haar ware aard zoals een slang zijn nieuwe huid, die een kopie is van de oude. Met enorme vreugde stortte ze zich weer op mondaine zaken, ze vond haar elegante garderobe terug en vooral haar tuin.

Ze zou vijf jaar na hem bij een auto-ongeluk om het leven komen toen ze zich, zoals altijd, van de ene afspraak naar de andere haastte. Mijn nieuwe status van weeskind veranderde niet veel in mijn leven.

Ik was me nauwelijks bewust van de mensen om me heen, ik was verdiept in mijn studies en onderzoeken. Niet lang daarna verscheen Nathalie in mijn leven.

11

Ik heb veel gelezen over opsluiting, isolement en foltering. In de romans die me interesseerden, leidt isolement tot verlichting en foltering tot het hervinden van je lichaam. In strafinrichtingen voor jongeren wordt er niet gefolterd en is het isolement relatief. De 'politieke gevangene' die ik was speelde er poolbiljart met kruimeldieven die van kraak tot kraak leefden en straatvechters die geen dromen of woorden hadden. Die McDonald's? Daarvan had ik de kluis moeten opblazen! Mario had drie buurtwinkels 'gedaan'. Een beetje voor zijn moeder en een heleboel om coke te kopen. Coke omdat het leven niet eerlijk is en je kunt vergeten als je high bent. Wat kunt vergeten? 'Fuck man, dat het leven niet eerlijk is, natuurlijk! Hoe vaak moet ik je dat nog vertellen?' Mario kijkt scheel, zijn ogen zijn constant op de vlucht. Hij sluipt stilletjes rond als een hyena op zoek naar kadavers, hij leeft van de hand in de tand, scharrelt overal zijn kostje bij elkaar. 'Het leven is onrechtvaardig, Claude.' Maar Mario, er zijn toch wetten, advocaten en rechters? 'Niet voor ons.'

In de gevangenis heb ik niks over mezelf geleerd (dat woord gebruikte ik graag, 'gevangenis'). Ik heb er Mario leren kennen, die zonder twijfel een kleine crimineel zou worden en, als God hem er de tijd voor gunde, een grote. 'Claude, als ik hier uit kom doe ik een bank en koop ik een huis voor mijn moeder.' Misschien was zijn rancune jegens het leven begrijpelijk en verklaarbaar, maar of ze ook terecht was? Wettig was ze niet, gerechtvaardigd misschien wel. Onze begeleiders spraken over reclassering, over je neerleggen bij de regels van het leven. En stel nou dat re-integratie, dat gehoorzaamheid aan de regels, aan de manier waarop het leven in elkaar steekt, neerkomt op niets anders dan het aanvaarden van de onrechtvaardigheid? Isolement roept heel veel vragen op, vooral als je een Mario leert kennen die scheel kijkt en van wie ik wist dat hij iedere nacht lag te huilen. Ik bedacht dat Mario geen slechte jongen was, maar een verschoppeling van de aarde, die het verdiende dat men hem zou helpen om zich eruit te redden.

Maar hij deed een bank en kreeg tien jaar.

12

Op mijn vierentwintigste trouwde ik. In de kerk, omdat Nathalies ouders dat graag wilden. Ze vroeg het me verlegen, bijna verontschuldigend; zelf was ze niet praktiserend. Ze wilde in het wit trouwen, in een jurk met een sleep, met bruidsmeisjes en een receptie met bloemen op tafel. Voor mij betekende dat een smoking, bruidsjonkers en een bezoek aan meneer pastoor. Zo was iedereen tevreden en werden alle principes gerespecteerd behalve die van mijn atheïsme, maar in Québec is het feit dat je niet gelooft nooit een filosofische of politieke stellingname geworden.

Ik promoveerde in internationaal recht; we waren beiden 'links'. Van mijn isolement had ik geleerd dat je keuzes moest maken. Mijn kerkelijk huwelijk was een aangename verstrooiing, net als onze verhuizing naar een nieuwe flat, de tochtjes naar IKEA, het uitkiezen van de kleuren voor de muren. Ik deed eraan mee zonder me erin te verliezen, uit respect voor Nathalie, die heel veel belang aan dat soort dingen hechtte.

Bij de dood van mijn moeder had ik een aardig sommetje geld geërfd, dat ik nog niet had aangesproken. Nathalie had een baantje als researcher bij een katholieke ngo in de wacht gesleept. We waren *urban professionals* avant la lettre.

Soms kan een plaats je net zo grondig veranderen als een gebeurtenis. Er ging geen dag voorbij zonder dat Nathalie Franse woonbladen doorbladerde. Ze maakte zich druk over deurknoppen die mij nooit waren opgevallen, ze liet me keramische tegels zien waarvan één vierkante meter meer kostte dan datgene wat ze moesten bedekken. Ik stond versteld van haar gevoel voor harmonie, haar vermogen om kleuren en vormen te combineren en om doodgewoon lijkende accessoires uit te kiezen die als bij toverslag een nieuwe blikvanger creëerden of een ongebruikt wandrekje nieuw leven inbliezen. Ze nam het hele proces van de inrichting van de leefomgeving zo serieus, ze wijdde zich er zo geduldig aan dat ik geen andere keus had dan haar te vergezellen op haar zoektocht naar het ideale interieur. Haar behoefte aan visuele harmonie vond ik betoverend.

Tijdens mijn verblijf in de jeugdinrichting had ik de weg gekozen die Mario afwees: die van het recht en de regels, in de overtuiging dat de geduldige toepassing daarvan de Mario's van de toekomst 'op het rechte pad' kon houden, hoe christelijk dat ook klonk. Ook had ik besloten dat begeerte alleen maar tot buitensporigheid en idiote acties kon leiden en dat die dus plaats moest maken voor wederzijdse bewondering of eenstemmige ideeën, dat liefde en samenleven op wederzijds respect moesten stoelen en dat lichamelijke aantrekkingskracht een valstrik was. En Nathalie was, zonder dat ik het wist, op zoek naar een echtgenoot geweest. Niet naar een man of een minnaar, maar naar een echtgenoot. Ik had gevonden wat ik zocht, en zij ook.

Wanneer ik over straffeloosheid en internationaal recht begon, het onderwerp van mijn proefschrift, sloeg ze haar woontijdschrift enigszins teleurgesteld dicht. Het vraagstuk dat ik behandelde leek me simpel en toch onopgelost. Vooral in Afrika verhindert straffeloosheid de totstandkoming van iedere rechtsstaat en dus van een rechtvaardige, geordende samenleving, wat des te erger is omdat er vaker sprake is van misdaden die veel verdergingen dan wat rechters die in de grote juridische tradities gevormd zijn gewoonlijk voor de kiezen krijgen. Behandel je een op zichzelf staande verkrachting op dezelfde manier als een systematisch beleid van verkrachtingen? Ga je een moord op achthonderdduizend mensen met evenveel juridische omzichtigheid te lijf als een afrekening binnen een motorbende? Het recht zei van wel, maar dat druiste in tegen de rechtvaardigheid. Hoe meer ik me in het recht verdiepte, hoe vaker ik me afvroeg of het niet vaak de grootste vijand van de rechtvaardigheid was.

Nathalie reageerde meestal met 'hm', wat geen ja en geen nee betekende.

We hadden het nooit afgesproken, maar toch was het zo: we bedreven één keer per week de liefde, netjes en toegewijd, op het systematische af, met inachtneming van de regels van het spel; we eindigden altijd in de missionarispositie. De rest van de tijd verdiepte ik me in het Arusha-tribunaal, waar de plegers van de Rwandese genocide met meer omzichtigheid dan noodzakelijk werden berecht, en zocht Nathalie nieuwe keukenkastjes uit. We spraken elkaar steeds minder.

Toen we twee jaar getrouwd waren kwam ik erachter dat ze een minnaar had. Ik had haar al zes maanden niet eens gekust. Voor mijn scriptie had ik een kaartenbak aangelegd met alle getuigenverklaringen van verkrachte vrouwen in internationale strafzaken. 'Évangéline Murozowa, zeventien jaar, studente sociale wetenschappen, door achttien militieleden verkracht bij een wegversperring in Gitarama.' De rechters hadden haar getuigenis niet meegewogen, omdat Évangéline niet had kunnen bewijzen dat de verdachte zelf ook aan de verkrachting had deelgenomen, omdat ze uit pure eerlijkheid had toegegeven dat alle gezichten die in het donker boven haar verschenen dezelfde waanzinnige blik hadden gehad. Ze wilde niet liegen tegen het tribunaal, omdat ze vooral niet het risico wilde lopen dat ze meineed zou plegen, want ze geloofde in God, ze had haar eigen bijbel meegenomen om er de eed op af te leggen. 'De hele heuvel wist dat Évariste bepaalde wat er bij de wegversperring gebeurde en dat hij er bijna altijd was.' Uit de tweede hand, protesteerde de verdediging, een bezwaar dat onmiddellijk door de rechters werd toegewezen. Tweehonderd overlevenden die hetzelfde verhaal vertellen: zijn dat allemaal onbetrouwbare getuigen? Kan een hele heuvel een onbetrouwbare getuige zijn? Was Évariste de eerste geweest die haar verkrachtte, de zevende of de laatste? Kon ze zijn bijzondere lichaamskenmerken beschrijven? Had ze hem naderhand weleens teruggezien? Had hij haar toen weer verkracht? Zo niet, waarom dan die eerste keer wel? Dacht ze dat ze, wanneer ze officieel als slachtoffer werd aangemerkt, aanspraak kon maken op financiële compensatie, had ze zich kortgeleden niet in de schulden gestoken? Ik probeerde me de ontreddering en het onbegrip van Évangéline voor te stellen, die achttien keer was verkracht, die geen enkele vraag kon beantwoorden, waarschijnlijk omdat ze zo hard moest huilen, terwijl de advocaat van de verdediging haar tranen gebruikte als een opstapje om haar nog kwetsbaarder en geslotener te maken. Toen haar tranen op waren, beperkte ze zich tot de bekentenis dat ze inderdaad bij een ngo een microkrediet had aangevraagd, zodat ze een naaimachine zou kunnen kopen om kinderkleding te maken. Ze liep achter met de betalingen. Toen ze had toegegeven dat ze een betalingsachterstand had, beëindigde de advocaat zijn kruisverhoor.

En de verdachte had natuurlijk gewoon thuisgezeten en had in het bijzijn van zijn vrouw en vijf kinderen spiesen geitenvlees gegeten. De heuvel beschuldigde hem alleen omdat hij de burgemeester was, een vertegenwoordiger van de staat, en omdat Tutsi's Hutu's nou eenmaal niet mogen. Eichmann zat ook vaak thuis te eten terwijl de treinen Treblinka binnen reden, en het is algemeen bekend dat Joden een hekel aan nazi's hebben.

Ik vertelde Évangélines verhaal aan Nathalie, ik denk in de hoop het contact te herstellen. Het verhaal van de ene vrouw moet een andere vrouw wel ontroeren, dacht ik. Ik vertelde het zo gedetailleerd mogelijk om een emotie uit te lokken. Nathalie luisterde aandachtig, maar het verhaal leek haar niet te raken. Ze nam een slok wijn en nog voor ze één woord had gezegd wist ik dat alles voorbij was, in de eerste plaats mijn zoektocht naar emotioneel comfort. Ik zou nooit meer gelukkig zijn, liet ze me hiermee weten. 'Waarom zou dat verhaal me iets doen? Dat soort dingen gebeuren nu eenmaal in Afrika; hier niet. Dat verhaal heeft op geen enkele manier met mij te maken en voor dat arme kind kan ik niks doen. Je hebt wij en je hebt zij, hoe vreselijk dat ook is, en we leven in twee werelden. Ik wil best iets doen, geld overmaken of demonstreren, maar hier is ook nog genoeg belangrijks te doen.'

Ik vroeg niet wat. Sociale huisvesting, manden met

voedsel voor Kerstmis, een dollar in een uitgestoken hand in de vochtige februarikou. Ik kon dat 'wij' en 'zij' niet begrijpen: alsof een verkrachting elders minder pijn deed, minder verschrikkelijk was dan een verkrachting die hier gebeurde.

Ik denk dat de veelvuldige omgang met encyclopedieën, woordenboeken en atlassen in mijn jeugd en tijdens mijn studiejaren mijn idee van 'wij' en 'zij' heeft afgebroken. In die boeken is er niets relatiefs aan een verkrachting: een verkrachting is een verkrachting, punt uit. Slachtoffers hebben geen huidskleur; het enige wat ze met elkaar gemeen hebben is het feit dat ze slachtoffer zijn. Voor de Larousse is een vrouw een vrouw, en niet al naargelang haar land van herkomst meer of minder vrouw. Aan mijn boeken had ik uiterst simpele denkbeelden overgehouden: ieder mens is gelijk, iedereen heeft gelijke rechten, alle mensen zijn broeders en zusters die solidair moeten zijn en evenveel verantwoordelijkheid dragen voor het algemeen belang. Volgens Nathalie was het erger als zij werd verkracht dan als Évangéline werd verkracht. Het had geen zin om te proberen haar op andere gedachten te brengen. Haar vagina was gewoon belangrijker en kostbaarder dan die van een Afrikaanse. Nu deelden we niets anders meer dan groots opgezette natuurfilms en een paar televisieseries. Zij zorgde voor de inrichting, ik kookte en deed het huishouden. We waren inschikkelijk, wat betekent dat we ons naar elkaar schikten. Ik zwoer de begeerte en de liefde af, niet omdat ik er niet meer in geloofde maar omdat ze te veel van me vergden. Mijn emotionele behoeftes werden bevredigd door de aanleg van mijn kaartenbak van de grootste moordenaars van de planeet en hun slachtoffers. Dat er in mijn hart geen gevoelens en genegenheid te vinden waren kwam niet uit gebrek aan liefde, integendeel zelfs. Nathalie was hartstochtelijk begaan met haar comfort, haar leefomgeving, haar carrière en haar kleding. Ze had geen energie over voor de eisen van de liefde. Ze had een minnaar genomen die, zo vertrouwde ze me toe, klaagde dat zij onvoldoende minnares was. We lachten om onszelf.

Nathalie weigerde een stap te zetten in mijn studeerkamer, waarvan de muren bedekt waren met gruwelijke foto's. Een meisje uit Mozambique met een hoofd in haar handen, een Oegandese vrouw van wie de borsten waren afgehakt, een Angolese jongen van hooguit twaalf die een joint rookt en een kalasjnikov tussen zijn benen geklemd houdt.

Ik ben niet pervers en niet morbide. Die foto's waren iconen die me herinnerden aan wat me dreef, waaraan ik, ook als dat vooralsnog nergens toe leidde, toch vasthield, zoals een seminarist nadenkt, studeert en bidt om zich later in dienst van God en de kudde te kunnen stellen. Het waren bidprentjes die me steunden in mijn roeping. Ik ging iets doen... Wat, dat wist ik niet. Terwijl ik de laatste hand aan mijn scriptie legde, bezocht ik de websites van internationale organisaties en ngo's, maar voor de banen die ik interessant vond had je praktijkervaring nodig; die had ik niet, en bovendien joeg de praktijk me angst aan.

Op een dag verdween Nathalie uit mijn leven. Ik schrijf het zonder omhaal op, omdat het voor haar een dag zoals iedere andere was, waarmee ik bedoel dat het een ochtend was zoals ik die van haar kende. Ze was een halfuur in de weer met haar make-up, mat een kopje muesli af, bladerde een Frans tijdschrift door, sprak met me af om samen te lunchen bij Aux Deux Singes in de rue Saint-Viateur.

Ze drukte een kus op mijn voorhoofd en wenste me succes met de verdediging van mijn proefschrift. Toen ik terugkwam lag er een briefje op de salontafel: 'Jij denkt aan iedereen ter wereld die lijdt. Maar uiteindelijk denk je alleen aan jezelf. Vaarwel.' De kasten waren leeg.

13

Is er een plek op aarde die even stil en rustig is als het kleine strandje in Bretagne waar ik dekking zocht toen mijn huwelijk op de klippen was gelopen? De stenen op het strand waren warm. De baai van Paimpol stond droog. Alleen een paar waterplasjes tussen de oesterbedden herinnerden aan de zee. Stilte bestaat niet, maar ruisende bladeren en krijsende meeuwen zijn ook een vorm van stilte. Misschien is stilte een vredige aarde, het geluid dat wordt voortgebracht door de aarde in rust. Een jonge vrouw speelde met een klein meisje, ik keek naar het water dat langzaam steeg, als een luie wolk die door de lucht drijft. Ik woog de voors en tegens af van daden en ideeën, ik zocht aan de rood wordende horizon naar de weg die ik zou inslaan. Toen ze me passeerden, groetten ze. Twee Québecoises, het accent was onmiskenbaar. De jonge vrouw had een stralende, gulle, warme glimlach. Ik werd op slag verliefd, maar ik keek naar de grond en groette alleen beleefd terug. Later zag ik hoe de jonge vrouw een Ricard dronk terwijl het kind een ijsje at op het terras van Hotel Bellevue. We knikten naar elkaar; ik besloot dat ze Isabelle en Emma heetten. Ik weet niet hoe je de schoonheid van een vrouw anders moet beschrijven dan met de onrust die ze teweegbrengt. Ik dacht aan mijn tekortkomingen, aan mijn onvermogen om met het mysterie te leven, en ik was bang, te bang om een poging te doen haar te vertellen dat ik verliefd op haar was. Nu weet ik dat dat het moment was waarop ik de schoonheid van de wereld afwees en me neerlegde bij de monotonie van orde en regels.

14

Wat is het moment waarop je Afrika ontdekt? Misschien in het vliegtuig van Parijs naar Abidjan. De vrouwen hebben hun *boubous* weer aangetrokken, de mannen pronken met hun gouden horloges. De blanken lijken ontspannener dan op een vlucht van Parijs naar Londen, ook degenen die een stropdas dragen. Of het moment dat je op het vliegveld van Abidjan staat, te midden van alle drukte en chaos, als de douanier je computer in beslag wil nemen? De douanier kiest nooit de ervaren blanke uit, maar de nieuweling die misschien naar Club Med gaat, de naïeve blanke barstensvol goede hoop en dromerige verwachtingen, zoals de zwarte zich meldt bij de douanier in Frankrijk, het land van gelijkheid en broederschap. Wederzijdse drogbeelden.

In Afrika is gastvrijheid te koop, net als kameraadschap in Europa. Tot hiertoe is het Afrika dat je ontdekt hebt gewoon een kopie van Europa, ook al is het verwarrend dat alles precies het omgekeerde is van wat je kent. Hier wordt de blanke uitgemolken. Bij ons wordt de zwarte vastgezet.

Je bent in Afrika als je voorbij de douane bent. Honderd armen, honderd benen, honderd monden bestoken de bezoeker. Ze beloven je snelheid, een comfortabele taxi, ik maak je wegwijs, baas. Ik hoor ze roepen en ik

77

word betoverd door de lichten en schaduwen. Het licht verandert niet, de schaduwen bewegen ertussendoor. Niemand komt me afhalen, dus duizend mensen halen me af. Water-, meloen-, bananenverkopers, kruiers en chauffeurs van auto's die vaak geen taxi zijn. Als je niets over Afrika weet, doe je alles op goed geluk. De douanebeambte had me verteld dat er in Ivoorkust geen aids bestond, maar voor tien dollar kwamen we overeen dat er hier en daar misschien een paar gevallen waren. Mijn goede geluk heette Youssef.

'Ik zou je kunnen beroven, baas, want ik zie meteen dat dit je eerste keer in Afrika is. Maar ik denk dat je goed voor me zult zijn als ik eerlijk ben. En misschien besteel ik je toch wel een beetje.'

Hij barstte uit in zo'n open, welluidende lach dat ik hem direct vertrouwde.

In Youssefs taxi die geen taxi was en die ik had afgedongen tot dichter bij de prijs die hij had genoemd dan de prijs die in mijn handboek voor de ontwikkelingswerker stond vermeld, bedankte ik Nathalie. Onbewust, en vooral ongewild, had ze ervoor gezorgd dat ik hier was beland. Ze had nooit aan mijn afstandelijkheid en mijn obsessie getornd, die had ze altijd gerespecteerd.

Youssef gaf me uitleg terwijl hij de auto bestuurde alsof hij een computerspelletje met allerlei obstakels speelde: voetgangers, af en toe een geit, massa's slingerende auto's en langsscheurende minibussen. Richtingaanwijzers bestaan hier niet, koplampen evenmin. De lantarenpalen zwegen. Af en toe verspreidde er een wat kleurloos licht. De warme wind voelde als een deken over me heen. Ik dacht aan vruchtwater waar ik in dreef en dat me voedde. Ik zat in de warme, vochtige buik van Afrika. Youssefs geklets, de claxons, de overstekende schimmen, de vuurpotten, gedaantes die door de duisternis liepen, het overschot aan leven en lawaai: alles was betoverend. Toen we aankwamen bij Hotel Tiama op het Plateau vroeg Youssef iets meer dan het bedrag dat we hadden afgesproken, maar hij legde meteen uit waarom. Het verkeer was drukker geweest dan gewoonlijk. De blanke die van tevoren al van Afrika houdt, heeft tijd nodig om nee te leren te zeggen. Hij weet dat hij relatief rijk is; ze zijn wel irritant, die kruimeldieven die hem met zijn goedkeuring bestelen, maar aanvankelijk vindt hij het goed dat ze hem uitkleden omdat hij zijn medemenselijkheid wil tonen. Toegegeven, het is maar een piepklein voorbeeld, maar toch illustreert het dat straffeloosheid deel uitmaakt van de cultuur, het dagelijks leven, de kunst van het overleven. Het hoort erbij, en het voorbeeld komt vanboven. Hoe kun je er dan paal en perk aan stellen? Hoe kun je uitleggen dat de kleinste diefstal net zo goed bestraft moet worden als de grootste?

Het restaurant van Hotel Tiama serveert Chinees eten, de zanger is Chinees en de meisjes die aan de bar gekleurd water nippen ook. Chinese rock verhoudt zich tot rock als militaire marsmuziek tot muziek. Natuurlijk heb ik weleens eerder prostituees gezien, in het voorbijgaan in het centrum van Montréal, maar nog nooit van zo dichtbij, nog nooit van vlees en bloed, nog nooit binnen bereik. Ze zijn met z'n drieën, zuigen onverstoorbaar aan hun rietjes, werpen ongeïnteresseerde blikken op de bijna lege eetzaal. Ik kan me er niet van weerhouden naar ze te kijken, ze te observeren, hun bewegingen en uitdrukkingen in me op te nemen. Mooi zijn ze, maar het is niet hun schoonheid, hun lichaam dat me aantrekt maar hun beroep, het feit dat ze prostituee zijn, dat ze ermee akkoord gaan gebruikt te worden. Ik ben tegen diefstal, maar ik laat me een beetje bestelen. Legale prostitutie keur ik goed, maar ik vind het een walgelijk beroep. Nathalie zou zeggen: 'Als je het wilt begrijpen, moet je het uitproberen.'

'Heb je zin in een praatje? Je ziet er zo triest uit.' Ja, ik heb wel zin in een praatje, al ben ik niet triest maar nieuwsgierig. Ze wacht niet tot ik uitgesproken ben, bestelt whisky voor zichzelf en voor mij. Ik heet Claude, ik ben Canadees en ik zit in het ontwikkelingswerk. Wat mooi, dat is goed werk. Ik heet Lolita en ik zit op de Handelsschool, maar het leven is zwaar voor een studente zoals ik. Het is een dure opleiding. Nog voordat ik mijn vraag heb gesteld heeft ze hem al beantwoord. En ik begrijp wat ze bedoelt, want ik weet dat het schoolgeld drastisch is gestegen sinds het IMF Ivoorkust onder de loep en aan het infuus heeft gelegd. Misschien is ze geen echte prostituee, maar gewoon het zoveelste slachtoffer van het wereldomvattende onrecht, en moet ze haar lichaam wel verkopen om uit de malaise te ontsnappen.

'Vind je het niet erg om je lichaam aan vreemden te verkopen?'

'Nee, ik ga alleen met mannen mee die ik aardig vind en met wie ik me zou kunnen verloven. Ze geven me cadeaus. Op je kamer kunnen we rustiger praten.'

Ze heet Lolita en haar ouders wonen in een buitenwijk van Beijing. Die voornaam ga ik toch echt niet geloven. Ik zit in een leunstoel, zij loopt op en neer en geeft antwoord op mijn hardnekkige vragen.

'Lolita, zo heet je toch niet echt?'

Ze gaat voor me staan en kijkt me pruilend aan.

'Je denkt dat ik lieg, je hebt geen respect voor me omdat je rijk en blank bent. Als ik niet goed genoeg voor je ben, zeg het dan meteen, dan ga ik weg.'

Ik ontken hevig, kijk bewonderend naar haar ogen, haar slanke taille en haar benen. Wil je mijn benen zien? Ze laat haar jurk vallen. Vind je ze mooi? Ze heeft haar pruilmondje ingewisseld voor een ondeugende blik. Ja, ik vind ze mooi, prachtig.

'Je bent zo verlegen. Ik hou van verlegen mannen, je moet je ontspannen.'

Ik voel geen enkel verlangen, ik vraag me af waarom ik mezelf in deze situatie heb gemanoeuvreerd. Ik wil geen seks met een prostituee, maar ze is al spiernaakt en knielt voor me neer. Ze maakt mijn ceintuur los en doet mijn gulp open.

'Ik zal je geluk geven.'

Ik duw haar niet weg. Hoe kun je aan een schitterende vrouw, al is ze dan een prostituee, uitleggen dat je nee, niet op zoek bent naar geluk maar naar een verklaring, een uitleg, een betekenis?

Ik laat me zonder reden afzuigen door een prostituee. Ik denk: dit is niet eerlijk, ik gebruik haar, dit is uitbuiting. Als Lolita de klus geklaard heeft, kleedt ze zich snel weer aan, haalt een hand door haar haar en steekt de andere naar me uit.

'Een cadeautje?'

Ik geef haar twintig euro.

'Jullie blanken zijn allemaal hetzelfde. Jullie buiten iedereen uit.'

Het laatste wat ik wil is het lichaam van een vrouw uitbuiten, ook al is ze dan een leugenaarster. Het gebruikelijke cadeau zit tussen de vijftig en honderd euro, afhankelijk van de gulheid van de gever. Ik deel het verschil:

vijfenzeventig euro. 'Tot ziens, liefje,' zei Lolita en ze ging weg. Ik kon de slaap moeilijk vatten. Ik werd heen en weer geslingerd tussen schaamte en de herinnering aan het genot. Moet je vals spelen om je plek te vinden? Wat is een werkbaar compromis en wat is een compromis dat dwingt tot nog meer compromissen? Moet ik me laten oplichten om degene die me oplicht te helpen? Ik was nog maar twaalf uur in Afrika en ik wilde al bijna weer weg.

De volgende ochtend zat Lolita aan het ontbijt met een daverende Duitser, die kennelijk een betere Kerstman was dan ik, want ze hield zijn hand vast en maakte kleine hapjes klaar, die ze hem op haar vork toestak.

15

Catherine werkte al vier jaar in het centrum voor aidsbe-
strijding in Treichville, dat was gevestigd in een krappe,
rommelige ruimte aan het einde van een stinkende gang
die de afdeling Interne Geneeskunde van het ziekenhuis
doorkruiste. Links cholera, rechts aids. Catherine, mager
als een lat, met hoekige gelaatstrekken die nog worden
benadrukt door de zon die ze opvangt onder het lopen,
vast niet aan de rand van het zwembad, gaat gekleed in
een vale boubou, alsof ze een armoede tentoon wil spreiden die ze niet heeft, of een onafhankelijkheid van geest
die problematisch kan zijn als je een representatieve functie bekleedt. Dat is juist de reden waarom ik een donker
jasje en een stropdas draag. Kleren zijn natuurlijk enkel
conventies, maar ze maken wel deel uit van je werkge-
reedschap. Is mijn kleding ook een compromis, net als
gisteravond? Ze laat me direct weten dat ze geen voor-
stander was van mijn aanstelling als juridische liaison met
de lokale autoriteiten, maar nu ik er toch ben...
   'Claude, luister. Iedereen tutoyeert elkaar hier behalve
het lagere personeel, de boys en de bewakers. Die zeggen
u. Wij tutoyeren hen wel. Zo willen ze het. Tot nu toe
hebben we het altijd uitstekend gered zonder juridisch ad-
viseur: we komen er wel uit, we praten urenlang, geven
cadeautjes – daar is een budget voor. Ik organiseer eten-

tjes bij me thuis en geef aangebroken flessen whisky weg. Het probleem is niet dat hier geen wetten zijn, maar juist dat er te veel zijn. En omdat de president toch alles beslist, dienen de parlementariërs alleen wetsvoorstellen in over zaken die er niet toe doen; daarna stellen de secretarissen-generaal regels op en dragen de ambtenaars, die geen klap uitvoeren, de klerken op om formulieren op te stellen die de regels van de nieuwe wet weerspiegelen. Ieder formulier, ieder schijnbaar onschuldig wetsartikeltje heeft een reden. Het is een obstakel, een stap die je moet nemen naar een ander bureau en uiteindelijk naar de baas van dat bureau, die ermee akkoord moet gaan dat je je niet aan die "belachelijke" wet en de "veel te bureaucratische" regels houdt. De baas van zo'n bureau is soms een minister, soms de minister-president, soms de president. Tot nu toe is het allemaal wel zo'n beetje gelukt. We redden ons wel.'

Catherine heeft trieste, koortsige ogen met daaronder sombere wallen voor een vrouw van vijfendertig. Het lijkt of ze alle vermoeidheid van de wereld op haar schouders draagt. Bij het zien van haar uitgemergelde gelaatstrekken moet ik denken aan hoe blij Lolita er vanochtend uitzag. Lolita, Catherine, Youssef – Afrika doet niet bepaald z'n best om me enthousiast te maken. Maar Catherine ontroert me. 'Kom bij me eten vanavond, ik heb wijn en een goede kok.' Eenzame vrouwen zien het direct als een man geraakt wordt, als trekvogels die periodiek naar hetzelfde maïsveld terugkeren om zich te voeden, zodat ze hun uitputtende vlucht naar een ander continent kunnen voortzetten.

Ik vind het heerlijk als ik iemand blij kan maken. Verleiden kan ik niet en hartstocht wek ik nooit op; wat overblijft is door middel van beleefdheid en vriendelijkheid harmonieuze relaties met anderen op te bouwen. Catherine is ongelukkig, haar werk is het enige wat haar drijft. De vis is te lang gekookt. Ze drinkt met grote slokken, legt me opnieuw uit waar het in Afrika om gaat. De dingen die ze zegt maken me bang. Niks werkt, iedereen is corrupt, en toch moet je je redden. Je moet je aanpassen aan de cultuur, erin opgaan, er respect voor hebben. We liggen al in bed en plichtmatig begin ik haar te behagen, ook al is dat geen onaangename plicht. Ze kirt als een tortel- of een vredesduif, dat is me niet duidelijk, en zegt: 'Ga je ons alle voorwaarden van de geldschieters laten naleven?'

'Ja. Ik ga alle regels toepassen. Vijfduizend doses combinatiebehandeling van twintigduizend dollar per stuk per jaar, dat is niet zomaar een gift. Ik ben niet van plan om ook maar één enkele dosis op de zwarte markt of in de zak van een zieke ambtenaar terecht te laten komen.'

'Fuck you. Arme, kleine, pretentieuze blanke. Je wilt dat jouw hulp alles anders maakt!'

O, nu begreep ik het! Ik was een bedreiging voor het Afrika van Catherine. Haar Afrika kon het prima stellen zonder mijn zuivere geweten en mijn ideeën over goed bestuur. Ik heb nooit begrepen waarom mensen altijd alles door elkaar halen. Het gesprek komt op lekker eten – ja, ik weet het, kookkunst is een afspiegeling van de uitbuiting in de landbouw, prijzen op de wereldmarkt, schaarste en geschiedenis, maar kookkunst op zichzelf is ook een prima gespreksonderwerp: je kunt er lyrisch over worden, het kan herinneringen, plaatsen en gebeurtenissen oproepen... En net nu we onze wederzijdse leegtes hebben opgevuld begint ze over ethische bedrijfsvoering! Ik had het minder erg gevonden als ze had gezegd dat ik niet goed gepresteerd had, dat het overnieuw moest, dan had ik mijn best gedaan, had ik me op mijn erectie geconcentreerd, maar nee, het moet over goed bestuur gaan godnogaantoe! Dan nog liever Lolita, die zou me bestelen, bedriegen met iedere man die ze tegenkwam, maar tenminste niet over China en de Tibetaanse onafhankelijkheid beginnen. Ik ben de gevangene van een mangoest die haar triestheid achter zich aansleept over het donkere continent. Niets brengt me uit mijn evenwicht behalve vrouwen. Catherine maakt me verdrietig, ze breekt me, maar toch blijf ik tegen haar jongensachtige lichaam aan liggen en streel ik haar zij met mijn vingertoppen. Hoe kun je midden in de nacht vertrekken in hartje Abidjan, hoe kom ik weg van dit trieste, nutteloze bed en deze zwaarmoedige vrouw die me in een laatste opleving weer lastigvalt over mijn werk, waar ik haar ondergeschikte ben? Ik wil slapen en dat zeg ik. Ik denk aan de vijfduizend doses combinatietherapie waarvan het mijn taak is dat ze op de goede plek terechtkomen zodat het medisch centrum in Treichville ze op de juiste manier kan gebruiken. Als in een nachtmerrie hoor ik Catherine zeggen dat ze me wel mag en dat ze hoopt dat we efficiënt zullen samenwerken. O Lolita, wat mis ik je simpele leugens.

16

Terwijl Catherine koffie inschenkt geeft ze me instructies alsof ik een kind ben. Orerend loopt ze met haar hangborsten door de keuken. 's Nachts is zo'n aanblik nog wel te verdragen, als je ligt, als je kust, als je streelt, als je min of meer wordt meegevoerd door de seksuele dwaling. Zo noem ik mijn avontuurtjes en ontmoetingen. Wanneer iemand ongegeneerd met haar trieste lichaam te koop loopt, dan betekent dat of dat ze van iemand houdt, of dat ze denkt dat ze hem bezit. Ik ben zoals ik ben, en jij houdt van me zoals ik ben. Door me haar lichaam zo open en bloot te laten zien, verklaart Catherine me haar onmiddellijke, huidige liefde, Afrikaanse liefde, een avontuurtje, een ontmoeting, een glimlach die een streling wordt. Een liefde zonder regels. Niets minder dan de oerontmoeting tussen een man en een vrouw. De begeerte, de behoefte, de passie regeert. Catherine geeft me uitleg. Je moet je aan alle regels houden, hoe absurd ze ook lijken. Wees niet verrast over vertragingen of vergissingen. Bedank ze vriendelijk als je ze een klap wilt verkopen, knik instemmend als je ze eigenlijk wilt vermoorden, gedraag je nederig als er een grap over blanken wordt gemaakt. Vooral niet zeggen dat wij toch degenen zijn die hen financieren, dat wij hun villa's aan de Côte d'Azur betalen. Ontzet hoor ik hoe de schuldige blanke alles moet pikken van de zwarte. En stel nou dat die zwarte een dief is? Catherines slappe borsten zeggen dat dat geen verschil maakt. Haar chauffeur brengt me naar mijn afspraak.

De lift doet het maar de helft van de tijd, legt de directeur Protocol me uit. Die meneer is slechts een pion achter een houten tafel, de directeur van niets anders dan twee mooie meisjes van wie er een de taak krijgt om mij naar de lift te brengen, tegenover de afdeling Protocol, waar een bordje op hangt met de tekst: EERST MELDEN BIJ DE AFDELING PROTOCOL. Ze doet de liftdeur open, drukt op de 6 en doet hem weer dicht. Geen beweging. De liftkooi is een cel geworden, want ik krijg de deur niet meer open. Ik spreek mezelf moed in: dit is normaal, dit was te verwachten. Wij westerlingen zijn eraan gewend dat de techniek het altijd doet. Voor ons is het een magisch iets wat je nooit laat wachten. Wij weten niet wat wachten inhoudt, wat vertraging betekent. Na tien minuten in de kooi klop ik beleefd op de deur, in de hoop dat een medewerker van het Protocol me hoort en me de trap wijst, want ik ben al te laat voor mijn uiterst belangrijke afspraak met de kabinetschef van de minister van Volksgezondheid.

Ik klop iets harder; na twintig minuten ga ik schreeuwen. De gastvrouw opent de deur en legt uit dat je twee keer op de knop moet drukken. Maar waarom kan de deur niet van binnenuit open? Dat weet ze niet, maar het is ook duidelijk dat ze niet begrijpt dat ik het niet wist en ook dat ik veel te vaak 'waarom' zeg. Ik druk twee keer op de 6. De lift gaat hortend naar boven, schokkerig, en stopt met een hik van de kettingen op de vijfde verdieping. Met de trap ga ik naar de zesde. Nog een directeur

Protocol achter een leeg bureau. Hij verzoekt me plaats te nemen in een versleten fauteuil. Ik blijf staan en leg uit dat ik te laat ben vanwege de lift. Hij luistert niet, vult een formulier in, vraagt om mijn paspoort. Geconcentreerd vult hij tien regels gegevens in en laat me dan weten dat ik, aangezien ik te laat ben, moet wachten tot de kabinetschef weer beschikbaar is, en dat ik ingeval hij weg moet voor een belangrijk karwei mogelijk een andere keer moet terugkomen. Twee uur lang zit ik te wachten met mijn pakbon voor vijfduizend doses combinatietherapie, met een totale waarde die gelijk is aan de helft van het budget van het Ivoriaanse ministerie van Volksgezondheid.

De kabinetschef geeft geen reden voor de wachttijd van twee uur en biedt ook geen excuses aan. Hij is volmaakt: hij voldoet aan iedere karikatuur. Hij praat in alinea's, toont zijn roofdiertanden, lacht om zijn eigen grappen, speelt met de telefoon en kijkt onophoudelijk op zijn vergulde Rolex. Hij spant zijn netten, maar dat heb ik niet door. 'U weet dat de import van medicijnen gereguleerd is?' Ja, dat weet ik. Ik heb alle wetten die met medicijnen te maken hebben uit mijn hoofd geleerd. En er is inderdaad een wet die de import van medicijnen aan de controle van de Medische Autoriteit onderwerpt. Ik ben niet op mijn achterhoofd gevallen: ik heb alles gecheckt en de Medische Autoriteit heeft geen laboratorium. Ik probeer de methode van Catherine. 'We kunnen u een proefmonster geven voor uw onderzoek.' Dan hoor ik dat er minimaal vijfhonderd proefmonsters nodig zijn om de kwaliteit van een medicijn wetenschappelijk vast te stellen: tien procent van de Canadese gift! Je denkt toch niet dat ik gek ben, Maximilien? Maximilien, zo heet hij. Ik merk op dat dat aantal niet overeen lijkt te komen met de gegevens van onze eigen controlerende instantie. Maar, het klimaat hier is anders, ziet u, en stoffen kunnen anders reageren. Maakt u niet druk, we zijn dol op Canada. Ik hang de Catherine uit, ik aanvaard de spelregels en ik ding af zoals ik geleerd heb dat je op de markt moet afdingen. Dit is ook een markt.

'Volgens mij heeft uw laboratorium aan tien monsters genoeg.'

De kabinetschef draait een nummer en praat in een lokale taal.

'De directeur van het laboratorium denkt dat hij met driehonderd doses uit de voeten kan.'

'Meneer de kabinetschef, u hebt helemaal geen laboratorium.'

Ik werd het land niet uitgezet, ik werd gerepatrieerd. Catherine liet me weten dat ik de relaties tussen haar ngo en beide regeringen in gevaar had gebracht, dat de Canadese ontwikkelingshulporganisatie en de Canadese ambassade liever een soepeler vertegenwoordiger hadden die beter bekend was met de lokale gebruiken. Voor een beetje plezier betaalde ik met tegenzin honderd euro voor een snelle pijpbeurt van Lolita, die zei dat het een correct cadeau was, maar dat de kosten van de universiteit de pan uit rezen sinds de blanken het in het land voor het zeggen hadden. En ik dacht dat ze op een handelsschool zat?

17

De ontbinding van het contract leverde me een lovende aanbevelingsbrief van de ngo op. Het was een compromis: ik zou zwijgen over het feit dat ik niet aan corruptie wilde meewerken, en de autoriteiten zouden zwijgen over mijn – volgens hun gedragscode op zijn zachtst gezegd ongebruikelijke – gedrag. Dankzij die brief, de internationale quota en mijn diploma's ben ik in Den Haag beland. Inmiddels werk ik hier al drie jaar als analist P2 voor het bureau van de aanklager. Ik werk bij het Internationaal Strafhof, ik ben vijfendertig jaar en ik geloof in rechtvaardigheid. Misschien krijg ik die kabinetschef die vijfhonderd doses combinatietherapie achterover wilde drukken ooit wel achter de tralies. Diefstal van andermans gezondheid zou op de lijst van misdaden tegen de menselijkheid moeten staan.

18

Niets is eenvoudig, en rechtvaardigheid al helemaal niet.

19

Den Haag past bij me, maar de Hagenaars niet. Deze stad lijkt op mij. Ze is geduldig en ordentelijk. Ze laat zijn persoonlijkheid doorschemeren, maar legt het er niet te dik bovenop. Ze laat zich liever ontdekken. Daar ben ik niet avontuurlijk genoeg voor, dus ik heb me beperkt tot één wijk, of liever gezegd een straat – de Denneweg – vol antiquairs, kledingboetiekjes en restaurants. Geduldig heb ik alle winkeltjes en restaurants bezocht, alsof ik een gedetailleerd onderzoek voor het Hof uitvoerde. Zo heb ik de mensen leren kennen die ik als mijn vrienden beschouw. Vrienden in ballingschap zijn altijd meer dan zomaar kennissen.

In die modieuze straat in de oude stad drijft een Chinese vrouw een winkeltje waar ze Italiaanse producten verkoopt. Ik heb haar op een stompzinnige manier het hof gemaakt, wat ze volkomen negeerde, zoals de Chinese leiders doen alsof ze niets van mensenrechten weten. Ook zijn er diverse antiquairszaakjes met mooie, naïeve schilderijen, die ik zou kopen als ik een vrouw en een huis had. Het is heerlijk om voor een etalage te staan dromen. Ik ben dol op dromen, al ben ik geen romanticus. En dan de restaurants. Ik bezoek ze bijna allemaal. Fiesta Latina, Maxime, Limon. Ik wandel rond met mijn dossiers en hoop dat ik iemand tegenkom. Dat gebeurt niet, maar ik moet dan ook bekennen dat ik nogal gereserveerd ben. Ik kom ook in de wijnbar, waar de verdrietigste mensen op aarde elkaar kennen en ontmoeten. Het zijn allemaal mannen, stuk voor stuk rijk en belangrijk. We praten over ons leven elders, over reizen; vrouwen flitsen langs als bliksemschichten aan de hemel. Gewoonlijk eindig ik de avond bij Hothard, een drijvende bar op de gracht die de Amerikaanse ambassade van de Franse scheidt. Ik drink een kop koffie, nestel me in mijn rotanstoel, luister en denk na. Af en toe jagen hartkloppingen waarvan ik de oorzaak niet ken of de complexiteit van een dossier me zoveel angst aan dat alleen wijn me tot bedaren brengt. Niks aan de hand.

Stilte. Geen claxons, piepende remmen of sirenes. Een stille, nette stad, kalm en vredig. Een zwarte eend met een witte vlek op zijn hoofd, net het lelijke jonge eendje, trekt een sprintje van tien meter door de gracht. In de lucht vluchten de wolken al even haastig weg van de Noordzee, in de richting van de warmte van het continent. Af en toe begint de bar te deinen, dan lijkt het alsof je over een rustig watertje vaart. Langs de gracht verheffen zich twee rijen gelijkvormige bomen stuk voor stuk tot dezelfde hoogte. De huizen doen geen poging zich van elkaar te onderscheiden. De gevels zijn sober, maar als je goed kijkt zie je kleine verschillen: krullen, smeedijzeren ornamenten, de plaatsing van ramen en deuren, de stijl van de voordeuren en de imitatiekandelaars aan weerszijden daarvan. Kleine persoonlijke noten, nooit te opvallend, die de nieuwsgierige wandelaar duidelijk maken dat al deze huizen weliswaar op dezelfde grond zijn gebouwd, evenveel behoefte hebben aan stevigheid en licht, even goed hun best doen om nieuwsgierige blikken buiten te houden, maar dat je nooit twee huizen door elkaar moet halen. De Nederlanders zijn net als hun huizen: ze conformeren zich en drukken hun individualiteit alleen uit met een paar zorgvuldig gekozen details. Ik hou niet van de Nederlanders in Den Haag.

Hoewel je uit hun architectuur, landschapsinrichting en sociale structuur zou kunnen afleiden dat Nederlanders beleefd en sociaal zijn en rekening houden met anderen, is de gemiddelde Nederlander het tegendeel van zijn land. En met 'Nederlander' bedoel ik ook de vrouwen. Nederlanders zijn lawaaiig, vulgair en onbeleefd. Misschien omdat ze zulke onverbeterlijke vrijdenkers zijn komt het niet in ze op dat service een zekere mate van zelfopoffering en respect voor de klant vergt. Klanten hier zijn harde werkers die zwoegen voor het recht om bediend te worden en die als ze iets te veel aandacht vragen een goede kans lopen om een scheldwoord naar het hoofd geslingerd te krijgen. Op de fiets is de Nederlander een kamikazepiloot, die op de voetgangers af duikt en bij het zien van het tot zinken te brengen schip 'Banzai!' roept. Op de stoep verspert de Nederlander de doorgang met fietsen, kinderwagens, vriendjes of vriendinnetjes. Als je 'pardon' zegt om ze beleefd te passeren, word je aangekeken alsof je het land bent binnengevallen en begrijp je dat je beter naar de rijweg kunt uitwijken. Nederlanders lijken op hun klimaat. Hevige rukwinden, plotselinge buien, mist die maar niet optrekt, grauwheid en af en toe een zonnetje, dat ze overigens niet vrolijker of lachlustiger maakt. Gelukkig werken er ook immigranten in de winkels en cafés. Indonesiërs, Sumatranen en Surinamers, die warm en stralend glimlachen – maar wel allemaal dat gruwelijk barse, gutturale taaltje praten.

Uiteindelijk ben ik niet eens zo ongelukkig, noch met de Nederlanders, noch met mijn eenzaamheid. Als ik in Brazilië zou zitten, zou ik iedere vrije minuut naar muziek luisteren of op het strand doorbrengen. In Frankrijk zou ik fortuinen uitgeven aan restaurants. In Barcelona zou ik tot diep in de nacht over de Ramblas slenteren en tegen vier uur 's ochtends gefrituurde vis gaan eten. Thuis zou ik door de rue Saint-Denis, de avenue du Mont-Royal of de rue Saint-Viateur lopen, waar ik ongetwijfeld vrienden zou tegenkomen en anders wel kennissen, en waar ik geheimtaal zou uitwisselen met alleenstaande vrouwen: richtingaanwijzers die je in staat stellen beter je weg te vinden in het doolhof van amoureuze en vriendschappelijke relaties.

Ik geniet dus van mijn kleine genoegens, die misschien weinig voorstellen maar die me goed doen, en de rest van de tijd werk ik. Dat is goed, want het is belangrijk wat ik doe. Al mijn energie, iedere gedachte kan ik aan mijn taak wijden, en af en toe vraag ik me af of een gelukkig mens er evenveel energie in zou kunnen steken als ik. Maar eigenlijk ben ik niet zo ongelukkig, ik ben gewoon bezig. En wat ik doe is belangrijk. Dat weet ik tenminste zeker.

20

Tussen het hotel en het Hof ligt een mooi park waardoorheen een gracht vol eenden en zwanen loopt. Dat park wekt valse verwachtingen: zodra het achter je ligt doemen er twee hoge, witte torens van vijftien etages op, zo koud als een ijsberg, met daarachter een lawaaiige autoweg. Voor wie het gebouw voor het eerst ziet is het behoorlijk intimiderend, en aarzelend beklom ik dan ook de tien treden naar de draaideur met daarachter het veiligheidspoortje zoals op het vliegveld. De identificatieprocedure, de foto op de magneetkaart – alles maakte diepe indruk op me. Ik betrad een belangrijke plaats en dacht direct dat het te hoog gegrepen voor me was. Na mijn eerste afspraken keerde ik bevend terug naar mijn hotel. 's Nachts kon ik niet slapen. De volgende dag beschreef de aanklager me in meer detail waaruit mijn werk zou bestaan. Ik moest achtergrondverslagen opstellen over Thomas Kabanga, een man van wie ik nog nooit gehoord had, die terechtstond voor het inzetten van kindsoldaten. Er waren honderden documenten van ngo's en de Verenigde Naties, opnames van gesprekken met getuigen van de vermeende misdrijven, krantenartikelen en radio-interviews: duizenden bladzijden door te worstelen, miljoenen woorden te beluisteren. Het leek me een kolossaal karwei dat ze van me vroegen. En na alle ontmoetingen en lange tochten door de gangen voor handtekeningen op formulieren en geheimhoudingsverklaringen, kwam ik bovendien tot de conclusie dat ik in deze omgeving niet zou kunnen werken. Er waren te veel mooie vrouwen, en vooral te veel mooie vrouwen die als amazones met hun onafhankelijkheid te koop liepen, die je strak aankeken en 'stuur maar een mailtje' zeiden als je ze een onschuldig kopje koffie voorstelde, alleen maar omdat je niet de hele avond alleen wilde zijn. Deze vrouwen waren te moeilijk voor mij: ze verdiepten zich in misdrijven en malversaties en gingen uit van het ergste. Daarom besloot ik mijn intrek te nemen in het Mövenpick en vanuit mijn hotelkamer te werken; tegen mijn bazen zei ik dat ik als ze me nodig hadden nooit meer dan vijf minuten met de tram van hen verwijderd was. Financieel is het niet slim, maar ik ben verlost van al het huishoudelijk werk. Het hotel maakt het me onmogelijk om wortel te schieten, ik ben hier niet thuis, dus niets staat mijn zoektocht naar de waarheid omtrent Thomas Kabanga in de weg.

21

Ik heb het hotel gevraagd om de spiegel boven de werktafel weg te halen, en in plaats daarvan heb ik een poster
van Kabanga opgehangen. Als ik achter mijn computer
plaatsneem, kijk ik hem aan en zeg: 'Ik krijg je nog wel,
Kabanga.' Ook als ik ergens over moet nadenken kijk ik
naar de poster. Kabanga is ongeveer even oud als ik, de
eerste verdachte die voor het Internationaal Strafhof ver-
schijnt, een toevallige historische figuur die hier gevan-
genzit omdat hij te hebberig was en alleen maar verkeerde
beslissingen heeft genomen. We zitten beiden in eenzelfde
loop der dingen, hij in die van de Geschiedenis, ik in die
van mijn leven. Hoe meer ik naar hem kijk en hoe langer
ik hem bestudeer, hoe minder sympathie ik voor hem voel,
hoe minder verzachtende omstandigheden ik kan vinden.
Hij is hier beland omdat hij hongerde naar macht. Ik ben
hier omdat ik geen enkele macht heb in mijn leven, behalve het vermogen om complexe politieke ontwikkelingen
te analyseren, wat niets met het leven te maken heeft. Hij
heeft duizenden mensenlevens kapotgemaakt; vergeleken
met hem ben ik een zwoegende mier die zonder klusje zit.
Soms voel ik me minderwaardig aan hem. De gewelddda-
dige kant van het leven heeft me altijd angst ingeboe-
zemd: Kabanga heeft die juist omarmd. 'Hij plaatste zijn
Rwandese legerkist op het hoofd van het brullende kind

en drukte stevig aan.' Die passage kunnen we niet gebruiken voor het proces, omdat geen enkele getuige en geen enkel document kan aantonen dat de legerkist inderdaad Rwandees was en omdat het niet vaststaat dat het kind niets had gedaan waarvoor hij straf verdiende. Ook is het onmogelijk om 'stevig' en 'brullende' te bewijzen. Mijn werk is niet eenvoudig. Op de foto is duidelijk te zien dat het kind brult, maar dat is niet voldoende. Iedereen weet dat hij schuldig is, alleen het recht weet dat nog niet. Ik moet toegeven dat ik aan niets anders dan aan Kabanga denk. Ik ben een monomaan, en als mijn obsessie op iemand anders was gericht, zou ik een gevaar voor de maatschappij kunnen zijn geweest. Ik leef met deze man. Toch ben ik geen bezetene: ik droom niet over hem. Ik analyseer, observeer en ontleed hem, keer hem om, weeg hem en onderzoek hem, als een biochemicus die met een veelbelovende molecuul werkt, die wanhoopt op resultaten maar toch op zijn intuïtie blijft vertrouwen als hij de fractionering van het molecuul onderzoekt, en het met andere elementen combineert. Door de lens van zijn microscoop zal hij de schoonheid en complexiteit van het molecuul ontdekken, en dan volgt er misschien een medicijn en gaan mensen niet meer dood. Die wetenschapper, die de Nobelprijs zal winnen, is geen bezetene: hij doet wat hij doen moet, hij doet zijn werk. Zo is het ook met mij en Kabanga. Ik doe koppig mijn werk.

Kabanga is een knappe man, ik kan me goed voorstellen hoe hij al van jongs af indruk op de vrouwen maakte met zijn eigenzinnige voorhoofd en priemende blik. We mogen het niet zeggen bij het Hof, maar we weten dat Kabanga iedere vrouw versierde die hij tegenkwam. Er is een gesprek met een zekere Martine, die zegt dat ze een kind van hem heeft. Ze beweert dat Kabanga haar een klap gaf toen ze hem haar buik liet zien, die toen nog niet zo groot was. Hoe kun je een vrouw slaan die je kind draagt? Jeugdige leeftijd is de uitleg voor iets wat niet uit te leggen valt. Ik zoek naar stukjes menselijkheid in hem. Ik geloof niet in het absolute kwaad.

Ik dacht dat ik werd belast met een onderzoek naar een belangrijke misdadiger, want het Hof doet niet aan struikrovertjes. Wat heerlijk, een regel die zo eenvoudig is. Toch is er niets bijzonders aan Kabanga: hij is een doodgewone man, die echter verantwoordelijk is voor enorme misdaden: misdaden tegen de menselijkheid. Ik heb me in zijn kindertijd verdiept. Misschien zou ik er aanwijzingen vinden, trauma's die verklaren waarom hij deze weg is in geslagen. Maar nee, niets uit zijn kindertijd wijst erop dat hij ooit in Den Haag zal belanden. Volgens de nogal vage en tegenstrijdige getuigenverklaringen was hij óf een briljant, óf een lawaaiig kind; zelden beiden tegelijk. Ik kijk naar zijn foto. Een zelfverzekerde man die met zijn blik de camera uitdaagt. Maar als je zijn levensverhaal leest, is hij dood- en doodgewoon. Alleen zijn daden maken hem uitzonderlijk. Als leerling was hij goed genoeg om tot de universiteit te worden toegelaten, maar niet tot een van de belangrijke faculteiten zoals rechten, waarmee hij een publieke of politieke functie had kunnen krijgen, of medicijnen, wat de poort naar de rijkdom voor hem had geopend. Kabanga koos ervoor om psychologie te gaan studeren aan de universiteit van Kisangani. Dat is veelzeggend. Het diploma is voor hem belangrijker dan goede kansen op de arbeidsmarkt. Ik noteer: 'Behoefte aan erkenning en status.' In Afrika verleent een universitaire graad, hoe weinig waarde die ook heeft, de bezitter automatisch de status van intellectueel. Enkele getuigen verhalen hoe Kabanga zich al tijdens zijn studie in cafés en restaurants voor psycholoog uitgaf en dat hij clandestien, voor een paar Centraal-Afrikaanse franc, consulten gaf. Het is een teken van intellectuele oneerlijkheid dat we tijdens het proces niet kunnen gebruiken, maar dat interessant genoeg is om er iets van te laten doorschemeren om de rechters duidelijk te maken dat Kabanga een leugenaar en een charlatan is.

Natuurlijk gaat in Bunia niemand naar een psycholoog, zeker niet als die aan de universiteit van Kisangani heeft gestudeerd. Maar het feit dat hij naar school, naar het seminarie en naar de universiteit is geweest, zijn diploma en zijn vermogen om in lange psychologenzinnen te praten, maken veel indruk op de mensen die zijn pad kruisen. Volgens sommigen is hij een heer van stand, volgens anderen een ontzettende gladjanus. Hij is op vrijersvoeten, houdt huis onder de vrouwelijke bevolking van Bunia. Dat weet ik, daar zijn getuigenverklaringen van, hij hoefde maar met z'n pink te bewegen of de serveerster kroop al bij hem in bed, net als de winkeljuffrouw en de secretaresse van zijn baas. Zijn die verklaringen geloofwaardig? Moeilijk te zeggen, want ze zijn vaak afgelegd door vrouwen die weliswaar door Kabanga zijn verleid, maar hoogstwaarschijnlijk teleurgesteld waren toen hij hen niet tot vrouw verkoos. Als ik die verklaringen bundel en onderzoek, dan verlaat ik het terrein van het recht. De avontuurtjes van Kabanga zijn volkomen oninteressant voor de zaak waar ik aan werk. Als ik dat doe, zit ik op afstand af te rekenen met een man die ik veracht. Emoties verstoren het analytisch vermogen.

Ik heb gestudeerd om te worden wat ik ben: analist bij

het Internationaal Strafhof. Kabanga heeft gestudeerd om psycholoog te worden. Als ik schoenverkoper of taxichauffeur was geworden, zou ik me ongetwijfeld gefrustreerd of mislukt voelen. Bij Kabanga ligt dat anders. Hij is gaan studeren omdat hij een intellectueel wilde zijn. Hij heeft niet voor de psychologie gekozen omdat hij geestesziekten wilde genezen of kinderen wilde helpen die doodsbang waren gemaakt door de legendes of de oorlogen. Hij studeerde psychologie omdat hij geen medicijnen of rechten kon doen. Volgens de getuigenis van een vriend uit zijn kindertijd zijn macht en geld de enige dingen die hem interesseren – vooral macht. Hij vindt het heerlijk om gedroogde bonen te verkopen, over de prijs te onderhandelen met de majoor van het Oegandese leger die belast is met de foerage en hem vertelt dat de goudhandel lucratiever is. Ze worden vrienden omdat ze allebei hun baas oplichten. Zo beginnen oorlogen: een majoor die een psycholoog vertelt dat iedereen er beter van wordt als hij er met hulp van zijn vrienden in slaagt de goudmijnen in handen te krijgen. De majoor dringt aan terwijl de meisjes om de twee rijken heen draaien. Ze eten een pizza en drinken whisky in een restaurant waarvan de Libanese eigenaar ook een goudhandelskantoor bezit. Kabanga wenkt Marguerite, een hoer, en zegt dat ze later naar hem toe moet komen. Marguerite is in de wolken. De nacht is net gevallen, als een loden mantel, als een vuistslag of een knuppel. Karim, de Libanees, komt bij ze zitten. 'Thomas, alle kooplieden van de Hema-stam hebben privélegertjes van enkele tientallen gewapende mannen; waarom zou je die niet samenvoegen om voor eens en altijd een einde te maken aan die dat geschil met de Lendu over grondbezit? Je hebt een vlotte babbel, je wordt gerespecteerd, de Oegandezen vertrouwen je.' De majoor knikt instemmend en voegt er nog aan toe: 'Je richt een partij op waarin je iedereen verenigt; dan leiden wij ze wel op. En dan nemen jullie de macht in Ituri over en verdelen we de diamanten, het goud en het coltan.' Ze slaan elkaar op de schouders en drinken gedrieën een fles Johnny Walker Black Label leeg. Marguerite wordt ongeduldig, doet een stap in de richting van Kabanga en gebaart dat ze wil vertrekken. De psycholoog komt langzaam overeind en stapt op haar af. Met een zware, krachtige kaakslag slaat hij haar tegen de vlakte. Hij gaat weer zitten en bestelt nog een fles whisky. We weten dat de jonge vrouw nooit meer is opgestaan, maar voor deze moord zal Kabanga niet worden berecht: die valt niet onder het Statuut van Rome maar onder het lokale strafrecht.

Ik mag hem niet. Ik respecteer hem niet, hij heeft geen intellectuele kwaliteiten, geen echte politieke doelen. Maar omwille van het recht en de rechtvaardigheid probeer ik verzachtende omstandigheden voor hem te vinden. Ik zoek en ik zoek, ik denk en ik analyseer, en ik vind er maar één die in mijn westerse ogen steek houdt: armoede. Maar godverdomme, heel Afrika is arm, dus dan zouden alle Afrikanen het recht hebben om misdaden te begaan. Dit houdt geen steek. En bovendien, zo arm was hij niet. Hij kon naar de universiteit. Volgens mij is hij ook geen verwrongen misdadig monster, een seriemoordenaar à la Hannibal Lecter in *The Silence of the Lambs*. Dat soort mensen zijn op zijn minst geestesziek, krankzinnig, psychopaat. Nee, Thomas – als ik aan zijn zaak werk, tutoyeer ik hem – begaat misdaden zoals een ambtenaar of een bureaucraat formulieren invult of het loket sluit om koffie te gaan drinken hoewel er nog een rij wachtenden staat. Hij wordt niet gedreven door een onbeheersbare drang, door spookbeelden die hij niet kan onderdrukken. Voor hem is misdaad geen doel maar een middel, een instrument om te krijgen wat hij wil. Voor mij maakt dat hem nog walgelijker. Een doodgewone man, duizenden doden en drieduizend kindsoldaten. Alles volkomen rustig uitgedacht, georganiseerd en uitgevoerd, zonder haat, zonder emotie. Een ijskoude misdaad, scherp en striemend als een sneeuwstorm in februari.

Ik heb een ordner 'Verkrachtingen'. Als je alle getuigenverklaringen serieus neemt, heeft Kabanga twee jaar lang elke week een vrouw verkracht. Als een van de meisjessoldaten had getuigd dat ze verkracht was, hadden we dat aspect van zijn karakter ook tegen hem kunnen gebruiken. Maar nee. De twee meisjes die tegen hem zullen getuigen zullen zeggen dat ze zijn ontvoerd en daarna het gevecht in zijn gestuurd, en een van beiden zal vertellen dat ze de kloten van een gevangene met elektriciteitsdraad moest afbinden en de draad moest aandraaien tot zijn ballen eraf vielen. Ze huilde zo hard toen ze dit vertelde dat de aanklager niet zeker weet of ze wel zal kunnen getuigen. In mijn mappen en memo's over Kabanga heb ik duizend feitjes verzameld, maar slechts een klein deel ervan is toelaatbaar als bewijs. Het recht houdt zich niet bezig met een lelijk karakter, en het is niet aan de rechters om de goede eigenschappen of tekortkomingen van een verdachte te beoordelen, alleen om zijn verantwoordelijkheid voor misdaden vast te stellen.

Hij is een slecht mens: een en al woede. Hij schept er genoegen in om anderen zonder duidelijke reden te onderdrukken en te vernederen. Ik vind slechtheid fascinerend, want het is een vorm van kleinheid, van middelmatigheid, een vlek, een gebrek van de mens. Ik doel niet op de ernstige misdrijven waarvoor hij terechtstaat maar op zijn dagelijkse gedrag, op de mens Kabanga, de koopman, de klant in een restaurant, de echtgenoot en minnaar, op zijn omgang met bedienden of voorbijgangers op straat.

De getuigenverklaring van Marie, serveerster:
'Ik ben studente. Het was mijn eerste werkdag als serveerster. Meneer Kabanga kwam binnen en vroeg me om drie klanten te verhuizen die aan zijn favoriete tafel zaten. Ik antwoordde dat dat niet ging. Hij schold me uit voor hoer en ging met mijn baas praten, die haastig aan zijn verzoek voldeed. Ook zijn twee lijfwachten, jongens van een jaar of dertien, veertien die ik nog van school ken, scholden me uit voor hoer. Hij bestelde een *American pizza*. Ik wist niet wat de verschillen tussen pizza's waren. De pizza die ik hem bracht was niet wat hij bedoelde. Bruut greep hij me bij mijn pols, die hij net zo lang omdraaide tot hij bijna brak. Toen zocht hij de eigenaar op in zijn kantoor. Ik werd op staande voet ontslagen. Op straat pakten zijn lijfwachten me bij mijn armen en namen me mee naar zijn huis. Meneer Kabanga gaf me aan commandant Komo, en commandant Komo heeft me verkracht.'

Vanuit juridisch oogpunt is deze verklaring alleen vanwege de aanwezigheid van twee kindsoldaten interessant. Waar ik van walg is de rest. Van die verkrachting zijn geen getuigen. Toch geloof ik haar.

De trein van 23 uur 59. Soms ben ik in de war en stel ik me voor dat ik zelf in een trein zit die me naar iemand toe brengt die ik innig liefheb, op de goede manier, op de manier waarop een vrouw liefgehad wil worden. Soms denk ik na over een thuis, een huilende baby, een tuintje. Soms denk ik aan geluk. Dan ga ik weer aan het werk.

Hoe welbespraakt en zelfverzekerd Kabanga ook was, hij leed aan een enorm sociaal minderwaardigheidscomplex. In Bunia zijn de machtige kooplui en grootgrondbezitters Hema uit het zuiden: Kabanga kwam uit het noorden.

De getuigenverklaring van Aristide, werknemer van Kabanga:

'Toen hij zich na zijn studie in Bunia vestigde, had hij niets anders dan zijn bul en zijn mooie woorden. En mooie woorden, die had hij genoeg. Hij ging op bezoek bij alle belangrijke kooplieden en leiders van de Hema-gemeenschap: "Ziet u dan niet dat de Lendu de macht in het gebied in handen proberen te krijgen? Zij hebben zich verenigd en wij zijn verdeeld. We moeten de Hema van Ituri verenigen en de macht terugkrijgen over ons gebied, ons goud en ons coltan." Tot dan toe hadden de kooplieden zich tevredengesteld met het oppotten van hun winsten en het omkopen van rechters als er problemen waren. Ze beschikten allemaal over privélegertjes bestaande uit werkloze jonge mannen, die hun pistolen vooral gebruikten om indruk te maken. Kabanga stelde voor om die groepjes om te vormen tot een nationale militie, om ze te trainen en echte soldaten van ze te maken, zodat hij zich zou kunnen profileren als de enige intermediair die van belang was voor de Oegandese bezetters die, afhankelijk van hun behoeftes, de ene dag de Hema steunden en de volgende dag de Lendu en hun bondgenoten. Want, meneer de onderzoeker, de Oegandezen waren dan wel gekomen om vrede te brengen, maar van vrede alleen kun je niet leven. Ze zochten een manier om van onze rijkdom te profiteren. Iedereen heeft altijd van onze rijkdom willen profiteren, en iedereen is daarin geslaagd. Kijk maar hoe wij eraan toe zijn in een provincie die barst van het goud en de diamanten. Nou ja, zo gaat het in heel Congo: een rijk land, maar de rijkdom gaat op reis. Kabanga legde de commandant uit dat hij een leger op poten kon zetten dat ter beschikking van de Oegandezen zou staan. Kabanga onderhandelde met beide partijen. Hij nam geld aan van de kooplieden én van de Oegandezen. Zo kon hij die handel in gedroogde bonen opzetten en daarna zijn goudhandelskantoor, en zo kwam het dat de krant op een dag berichtte dat de Patriottische Unie der Congolezen was opgericht, die een staand leger zou oprichten en voor Ituri de status van autonome provincie wilde opeisen. Kabanga vermaakte zich uitstekend. Als hij lichtelijk aangeschoten terugkwam na een tournee door de stad, vertelde hij schaterend hoe de mensen uit zijn hand aten en hoe hij iedereen manipuleerde: zowel de Oegandezen als de Hema, vooral die uit het zuiden die zo'n hoge dunk van zichzelf hadden. En hij, hij had ze allemaal in zijn broekzak. Toen wees hij naar een dode mug die op tafel lag. "Hoe zit dat, Aristide, heb je liggen slapen vandaag? Wat heeft dat beest daar te betekenen? Hier komen. Oplikken!" En ik maakte de tafel schoon met mijn tong terwijl hij grappen maakte. "Je bent niet zo goed als een vrouw, Aristide, maar beter dan niks. Trouwens, je bent niks." Mevrouw Kabanga had hem vanwege net zoiets proberen te vermoorden: hij had haar vernederd door haar het werk van de huishoudster te laten doen. Ze moest zich uitkleden, zich insmeren met zeep en met haar buik en borsten de vloer schoonmaken. Hij zat maar te lachen terwijl zij over de vloer wreef, en toen de kogel hem miste lachte hij nog harder. "Typisch een vrouw, ze kan niet eens raak schieten." Hij liet haar alle hoeken van de kamer zien en gooide haar toen op straat – naakt. "In dat kostuum vind je vast wel een klant!" Al snel werd mevrouw Kabanga vervangen door een jong meisje dat hij op duizend manieren vernederde, maar daar wil ik het niet over hebben want dat doet pijn aan mijn gedachten. Waarom ik bij hem in dienst bleef? U komt echt van heel ver weg, meneer de onderzoeker. Ik had een baan en de baas betaalde op tijd. Vernederingen maken deel uit van het leven, zoals de zon die bijna altijd schijnt, zoals krekels en armoede. Als je als Afrikaan wilt overleven, moet je filosofisch worden.'

Ik begrijp wat ze zeggen, maar hun woorden vinden geen weerklank in mijn hart. Wat weet ik over leed, over vernedering en berusting? Lichamelijk weet ik niets van de pijn in de wereld. Ik ben en blijf een analist, een getuige, een doorgeefluik. Hoe kun je zo leven? De laatste trein is gepasseerd. Het moet drie uur zijn.

De getuigenverklaring van Josué:
'Ik verkocht sigaretten op de stoep voor het Libanese restaurant waar meneer Kabanga dikwijls op het terras at. Het was nooit mijn wens geweest om sigaretten te verkopen, maar mijn ouders hadden me van school gehaald. Ze konden het niet meer betalen. Ik dacht dat ik misschien iets kon verdienen zodat ik terug naar school zou kunnen. Ik verkocht ook aanstekers en condooms, maar condooms hoeven de blanken alleen. Het was mijn droom om muzikant te worden. Rapper. We hadden een band opgericht en een demo opgenomen die ik samen met de sigaretten verkocht. Meneer Kabanga was een grote baas

geworden. Hij werd altijd vergezeld door jonge lijfwachten, sommige waren mijn vrienden, ze lieten me hun kalasjnikovs zien en lieten de veiligheidspal klikken. Ik was niet jaloers, want ik dacht alleen maar aan muziek en daarom wilde ik naar Kinshasa verhuizen. MC Solaar, kent u die? Op die dag zat meneer Kabanga met een hoge Oegandese militair te eten. Hij kwam een pakje sigaretten bij me halen. "Ik weet dat je Josué heet," zei hij. "En ik krijg nog geld van je ouders. Ik wil dat je voor me komt werken om hun schuld af te lossen." Hij betaalde niet eens voor de sigaretten. Hij nam zelfs het hele kistje. Zo ben ik geworden wat u een kindsoldaat noemt. In het begin viel het wel mee. Je doet wat oefeningen, net als op school, je tijgert onder prikkeldraad en je beklimt houten muurtjes, je zingt liedjes over dat de Lendu duivels zijn. Daarna geven ze je een houten geweer en moet je paraderen, ze vertellen hoe slecht de Lendu wel niet zijn. Ik heb nooit geweten dat de Lendu de kinderen van de Hema opaten. Je bent best tevreden, je krijgt goed te eten en je bent onder vrienden. Ik dacht dat het geld wel snel zou komen, ik maakte me niet ongerust. Pas als je voor het eerst een kalasjnikov afvuurt, merk je dat het menens is, dat je niet echt kind meer bent. In het begin schiet je op boomstronken omdat je het wapen moet leren gebruiken, om het op de goede manier te hanteren en stabiel te houden. Daarna zetten ze stropoppen neer, op vijftig meter afstand. Ik kon goed schieten, zeiden de Oegandese instructeurs. Eén kort salvo en de pop is verdwenen! Helemaal in stukken gespat. Bevend vroeg ik me af of het ook zo zou gaan met iemand zoals ik, ook al ben ik steviger dan een stropop. Ja, dat gaat precies hetzelfde. Dat zag ik toen we een aanval deden om de goudmijnen in handen te krijgen. Ik opende het vuur en die man bewoog net als de poppen. Zijn armen gingen omhoog, zijn rug sloeg achterover, de stukken vlees vlogen in het rond. Ik hoop dat ik verder nooit iemand heb gedood. Al heb ik wel dingen gedaan die nog erger zijn, en daarom kan ik niet meer slapen. Op bevel van meneer Kabanga heb ik in de anus van een gevangene geschoten. Iedere nacht hoor ik hem brullen, als een hyena in een valkuil met puntige staken, die hem niet meteen doodmaken maar langzaam laten sterven. Als je iemand doodt, moet je het snel doen. Ik vluchtte. Toen ik terug was in het dorp van mijn ouders, was alles daar verwoest. Een oude oom, die niet had willen verhuizen en nog in zijn afgebrande hut woonde, zei dat mijn ouders zich voor me schaamden en me hadden verstoten. Ik hou heel veel van mijn ouders, en alles wat ik deed, heb ik voor hen gedaan, en omdat ik dat niet aan hen kan vertellen, vertel ik het aan u, meneer de onderzoeker, dan horen ze het misschien, ik weet niet, op de radio of televisie misschien. Beter op de radio. Mijn vader heeft een transistor. Ik denk niet dat ik nog muziek kan maken.'

22

Het is drie uur 's nachts. Iedere keer dat ik Josués verkla-ring overlees begin ik weer te huilen. Ik heb niet eens een foto van hem. Ik weet niet of hij groot of klein is, fors of tenger, maar ik hou van hem. Ik zou heel graag zijn demo willen horen. Op het proces zal zijn naam niet eens ge-noemd worden. Alleen zijn leeftijd ten tijde van het ge-beurde. Zijn uur van de waarheid zal nooit komen. Getui-gen moeten beschermd worden, dat is hier een obsessie. Er zijn maar een stuk of tien mensen die weten hoe hij heet. Wel zal Josué meneer Kabanga recht in de ogen kun-nen kijken, wat niet gemakkelijk is voor een slachtoffer zoals hij, en zeggen: 'U hebt me mijn leven afgenomen, meneer Kabanga. Ik was een kind, nu ben ik niks meer.' Nee, dat zegt hij niet, en doet hij dat wel, dan tekent de verdediging bezwaar aan dat de rechters zullen toewijzen. Diefstal van kind-zijn is geen strafbaar feit. Josué zal niet begrijpen waarom hij zijn visie op de waarheid niet mag geven, de simpele waarheid. Hij zal ook niet begrijpen waarom meneer Kabanga zo goed gekleed gaat, terwijl hij zelf het soort kleding draagt waarin je sigaretten verkoopt in Bunia, alleen iets meer. Hij zal zich afvragen waar al die grote woorden en beleefdheidsformules toe dienen en waarom die blanke heren hem ondervragen alsof híj de misdadiger is. We laten die arme kinderen kennismaken met de martelgang van het recht, niet met de verlossing van de rechtvaardigheid.

Ik merk dat ik afdwaal. Ik verlies mijn methodische, rationele aanpak uit het oog. Hoe kunnen de zoektochten naar de waarheid worden verzoend met die naar rechtmatigheid? Daar heb ik nooit eerder over nagedacht, dit is de eerste keer dat ik me afvraag of alle statuten en procedures – de bakens van de rechtspraak – wel een garantie zijn dat er recht zal geschieden. En stel nou eens dat rechtspraak niets anders is dan een intellectuele exercitie, zonder enig verband met wat rechtvaardig, gepast en vanzelfsprekend is? Kabanga is schuldig. Honderdduizenden mensen hebben die schuld aan den lijve ondervonden. Waarom moet die buiten iedere gerede twijfel worden bewezen alsof het een proces van een doodgewone moordenaar betreft? En wiens gerede twijfel: die van zijn duizenden slachtoffers of van drie afstandelijke, koele rechters die nog nooit een voet in Ituri hebben gezet?

23

De telefoon gaat. 'Mag ik komen?'

Myriam en ik hebben een overeenkomst. Zij wantrouwt mannen, en vrouwen hebben mij het leven alleen maar moeilijker gemaakt. Op een pizza-avond, toen we in Voorburg door de Herenstraat wandelden, was het volkomen logisch dat we doorliepen naar mijn hotel. We zeiden weinig, maar wisten allebei dat we met elkaar naar bed zouden gaan. Seks is het enige wat ons geruststelt over het leven. In de lift kusten we elkaar niet. We keken naar de grond. Myriam zag de foto van Kabanga. Ze keek de kamer rond, wist niet waar ze moest gaan zitten. Uiteindelijk koos ze de fauteuil bij mijn werktafel. Myriam komt uit Somalië, maar ze heeft in Kansas gestudeerd en is al tien jaar niet meer in Somalië geweest. Ze is liever niet Somalisch. Ze zou graag de Nederlandse nationaliteit aannemen en volgt een intensieve cursus Nederlands. Myriam wil een andere huid. Ik ben wel tevreden met de mijne; ik ken er iedere plooi van. Mijn huid past bij me. Onhandig zoek ik een gespreksonderwerp. Ik probeer de verdwenen luchtigheid terug te vinden. 'Je kunt het andere bed wel nemen, ik ben moe,' en ik ga op een van de bedden zitten. We waren de bewegingen van de liefde allebei ontwend, we zochten elkaar, we aarzelden. We moesten lachen omdat we ons zo slecht op ons gemak voelden en zo onhandig deden. Myriam heeft een lieve glimlach en ik denk dat het die lach is die me opwindt, meer dan haar lange, soepele lichaam, meer dan haar kleine borsten. Uiteindelijk slaagden we erin de liefde op de juiste manier te bedrijven.

De volgende ochtend was Myriam vertrokken voordat ik wakker werd. 's Middags kreeg ik een e-mail van haar. 'Ik wil je iets voorstellen. We zien elkaar als we behoefte aan seks hebben. Geen vragen, geen gevoelens.'

'Goed,' antwoordde ik.

Een paar dagen later kwam ze weer. Net als de eerste avond zoekt ze een plek om te gaan zitten. Ze kiest het voeteneinde van mijn bed. Ze lijkt nerveus, gespannen, vol sombere gedachten. De laatste trein rijdt langs, het is kwart voor drie. Slapen, ik wil slapen. 'Claude, ik geloof dat ik van je hou.' Ik wil niet dat er van me gehouden wordt, ik wil ook van niemand houden. Daar heb ik de tijd en het karakter niet voor. Maar Myriam verleidt me. Had ik tot nu toe alleen nog maar haar glimlach en verlegenheid gezien, nu word ik ook betoverd door de souplesse van haar lichaam, en als ze boven op me ligt weegt ze nog minder dan een veertje. Als twee mensen elkaar ontmoeten, is hun eigen afweer het enige wat ze onder controle hebben. Mijn terughoudendheid en reserve, mijn verlegenheid en nederigheid hebben het gewonnen van haar angst voor mannen. Ik bewees dat er mannen zijn die je kunt vertrouwen. Als ik geen analist was bij het Hof, als ik niet belast was met de vervolging van de grootste misdadigers van de planeet, dan zou ik een gooi kunnen doen naar hartstocht, liefde, overgave, die ontsporingen van de rede die zodra ze in je postvatten alle hoekjes van je gedachten in beslag nemen, zelfs de meest ordelijke geest

overhoophalen en de verliefde persoon in kwestie in onrust en onzekerheid dompelen. Later zal ik misschien
kunnen proberen om van Myriam te houden, maar nu
nog niet, niet drie dagen voor het begin van het proces tegen Kabanga.

Myriam maakt deel uit van het team juristen dat de
rechterlijke uitspraken op schrift stelt. Ze is de ghostwri-
ter van een van de rechters: in de zaak die we nu onder
handen hebben van rechter Fulton, een perverse, arrogan-
te Brit. We hebben nog nooit over Kabanga gepraat: een
kwestie van beroepsmatige terughoudendheid. De aanklager moet niets hebben van Fultons interpretatie van
het recht, dat voor hem uit een en al codicillen, komma's
en stompzinnige regels bestaat, en de rechter wantrouwt
het rechtvaardigheidsidee van de aanklager, dat niet alleen uitgaat van het recht, maar ook van het rechtsgevoel,
van de woorden van de slachtoffers, van grote veranderingen in de wereldorde enzovoort. We zijn beiden op de
hoogte van het bestaan van die twee onverenigbare visies
op het recht, maar we gaan het gesprek uit de weg, omdat
het onze relatie kwetsbaarder of zelfs kapot zou kunnen
maken.

Ik zoek naar woorden. Hoe kun je ja en nee zeggen, of
nee en ja, maar dan allebei tegelijk, als antwoord op deze
liefdesverklaring waar ik mee in mijn maag zit? Dat kan
ik niet. Ik zeg altijd óf ja, óf nee; halve afspraken kan ik
niet verdragen en leugens jagen me de stuipen op het lijf.

Myriams lichaam vormt een sierlijke, donkere slang op
het witte laken. Ze kijkt me aan met de ogen van een gier.
'Claude, Kabanga wordt vrijgelaten vanwege een vormfout. De aanklager is al op de hoogte. Daarom is je missie
naar Bunia afgelast. Maandag wordt de beslissing open-

baar, en dan mag Kabanga naar huis als hij dat wil.'

Ik vraag haar om het nog eens te zeggen, maar dat is een vraag die je alleen stelt om te controleren of je hart nog klopt, of je nog wel ademhaalt. Ze doet het niet, zegt alleen: 'Kom, Claude,' met zoveel zachtheid, zoveel triestheid in haar stem dat ik naast haar kom liggen, dat ik wegkruip, dat ik me door haar in haar verliefde armen laat nemen, haar armen als de vleugels van een vogel die me beschermt.

In ons team hadden we allemaal gerekend op een straf waar een afschrikwekkende werking van uit zou gaan, maar we hadden ook met lichtere straffen rekening gehouden; zuinig lachend hadden we ons zelfs een vrijspraak voorgesteld, maar een invrijheidstelling? Dat nooit. Honderdduizend mensen weten in hun vlees en hun wanhoop dat deze man een misdadiger is. Het kan de rechter niks schelen; en dan staat deze rechter in zijn eigen land nog wel bekend als een vechtersbaas die dol is op de maximumstraf, een grootmeester van de regels van het recht. Ik wil huilen of brullen, maar ik lig als verlamd in een verliefd lichaam gevouwen, als een larf, een parasiet, iets wat geen vaste vorm heeft. Myriam woelt zachtjes met haar vingers door mijn haar. 'Claude, volgens mij is de rechter volkomen dronken van zijn eigen macht. Ik ken hem. Zijn enige wens is bekendstaan als een groot jurist.'

In ons team wisten we dat allang, maar we hadden ons nooit voorgesteld dat zijn enorme eigendunk hem ertoe zou brengen om op grond van een vormfout een misdadiger op vrije voeten te stellen. We beschikken over vertrouwelijke documenten van de VN en van medewerkers van lokale ngo's. Met die documenten hebben we de zaak tegen Kabanga kunnen opzetten. De rechter beval dat we die papieren aan de verdediging moesten sturen. Als we dat hadden gedaan, hadden we levens in gevaar gebracht. Dus hebben we alleen het hoognodige overgedragen. De rechter weet precies hoe het zit, maar het kan hem geen barst schelen. Het is alles of niets. Hij wil geschiedenis schrijven in het internationaal recht; rechtvaardigheid interesseert hem niet.

'We moeten slapen, Claude. Je hebt slaap nodig.' Opnieuw is haar stem zo zacht als een warme bries. Ik ben al minder bang voor haar liefde. Ik voel geen greintje verliefdheid voor haar, ze geeft me alleen comfort, als een warm bad of een zacht, schoon laken tegen je huid. Als ze geen liefde terugverlangde, zou ik met haar liefde kunnen leren leven.

24

Myriam is vertrokken. De regen slaat tegen het raam. Nederlandse regen, vals en gemeen. Ik drink de oploskoffie die middelmatige hotels hun gasten ter beschikking stellen, een siroop die in de verte iets van koffie weg heeft. Tot mijn verbazing merk ik dat ik wou dat Myriam hier was. Of iemand anders die me kon uitleggen waarom ik het gevoel heb dat ik mijn leven ben kwijtgeraakt, waarom Kabanga's vrijlating mijn geduldige methode om de wereld te leren kennen zinloos heeft gemaakt. Kabanga's invrijheidstelling is dodelijk voor me. Misschien zou Myriam het me kunnen uitleggen, of anders Claus, of Pascal. Misschien wel. Maar nee – en dat is een grote openbaring voor me – alleen een vrouw kan begrijpen waarom het leven me niet meer interesseert. Waarom een vrouw? Omdat vrouwen moeders zijn.

De getuigenverklaring van Béatrice:
'Meneer Kabanga kwam het huis binnen met drie bodyguards, die nog bij mij op school hadden gezeten. Hij vroeg mijn moeder of ze een goede Hema was en of ze vond dat alle Hema-families moesten meewerken aan de suprematie van de Hema over de Lendu. Mama zei ja. Zo ben ik soldaat geworden. Ik ben niet ontvoerd, gekidnapt of verkracht. Ik moest van mijn moeder soldaat worden.

Ik hou helemaal niet van oorlog. Als ik bij de opleiding met mijn kalasjnikov op de doelen schoot, dan rilde en beefde ik. Ik was een erg slechte soldaat. Zo kwam het dat ik bij mijn eerste aanval door de Lendu gevangen werd genomen. Daar ben ik ontelbare keren verkracht. Uiteindelijk kon ik vluchten; ik ging terug naar mijn moeder en vertelde haar wat er gebeurd was. Ze zette me het huis uit. Ik bezocht ooms en neven, allemaal Hema, en ze wezen me allemaal de deur. Ik ben onzuiver, ik zit vol Lendu-sperma. Ik ben achttien jaar oud, ik verkoop mijn lichaam in het Libanese restaurant, meestal aan buitenlanders. Ik weet dat ik nooit zal trouwen en nooit kinderen zal krijgen. Ik ben gek op kinderen, maar als ik op straat of op de markt op een kind afstap, pakken de ouders het op en houden het bij me uit de buurt alsof ik een besmettelijke ziekte heb. Dat heeft meneer Kabanga me aangedaan. Ik hoop dat jullie hem straffen.'

Nee, Béatrice, we zullen hem niet straffen. Een gestoorde rechter die niets van jouw wanhoop begrijpt leest proceshandleidingen en gaat de strijd aan met de VN om de positie van de rechters te verstevigen: rechters zijn demiurgen, aardse goden wier positie hen het recht geeft te vergeten dat jij nooit een kind zult krijgen, behalve een dat voortkomt uit een relatie die in het Libanese restaurant is begonnen, en dat je zult laten aborteren omdat de vader een Belgische soldaat is die je in het gezicht sloeg toen je hem opbiechtte dat je zwanger was.

Nee, Béatrice, dit Hof doet niets voor je. Dit Hof heeft het te druk met zijn eigen voortbestaan. Dit Hof gebruikt je om jurisprudentie, regels en procedures in het leven te roepen die de Béatrices van de toekomst wellicht in staat zullen stellen om wel hun recht te halen. Nee, Béatrice, verwacht niets van Den Haag. Voor de rechters ben je een hamster in een eindeloos rad van verdriet, een proefkonijn waaraan men het DNA van recht en onrecht probeert te ontfutselen.

Béatrice, ik kom naar Bunia om je namens het Hof mijn excuses aan te bieden. Uit je lange verklaring weet ik dat je verpleegster wilde worden, dat je seropositief bent en dat je twee abortussen hebt gehad. Béatrice, ik hou van je.

25

Kabanga's advocaat spreekt de pers toe. Hij oreert. Ondertussen zal de Rwandese president Kagame al wel klaar-
staan om zijn vriend Kabanga, zijn leverancier van diamanten, goud en coltan, te ontvangen. De westerse media
zijn in extase over de gedurfde en opmerkelijke rechtspraak die in Den Haag wordt gehanteerd. Het internationale strafrecht zal perfect en onfeilbaar zijn. En als er
ooit biografieën over de rechters worden geschreven, zullen de gepleegde feiten er niet in voorkomen; dat deze
drang naar perfectie slachtoffers maakt, dat misdadigers
op vrije voeten komen en er een schokgolf ontstaat in een
land dat toch al niet stabiel was, zal ze niets kunnen schelen. Als ik de internationale kranten doorlees, komt er een
gevoel van wanhoop over me waar niets theoretisch aan
is. Kabanga's vrijlating voelt alsof het leven me verlaat,
alsof mijn bloed langzaam wegstroomt uit een wond
dicht bij mijn hart. Er wordt me gevraagd om 'richtlijnen'
op te stellen, voorgekauwde beleefdheidsformules die de
nederlaag en het failliet moeten verhullen. Ik doe mijn
best, maar ik kan het niet. Mijn analytische en syntheti-
sche vermogens hebben tegelijk met Kabanga de benen
genomen. Tot mijn stomme verbazing ontdek ik dat ik gevoelens van woede, razernij, pure rebellie en insubordina-
tie in me heb; ik verzet me tegen alle regels en conventies

die zo diep in mij geworteld zijn. En al die emoties komen ongecontroleerd en onvermijdelijk naar buiten omdat ik ze al zo lang met me meedraag maar ze altijd heb ontkend, omdat ik ze mijn leven lang omzichtig heb verpakt in de velletjes zijdepapier van mijn rationele en pragmatische methodes, omdat ik ze in ordners heb gerangschikt alsof ze objectieve feitjes waren. En stel dat ik ál mijn emoties nou eens zo zorgvuldig heb ingepakt, om niet te hoeven leven met chaos, onzekerheid en de kans mezelf pijn te doen? Ik ben een lafbek geweest. Kabanga was nooit ergens bang voor, en hij was nu vrij. Hij kon weer keizer van Bunia worden. Als je zo in elkaar zit als ik, dan is het geen kwestie van beslissen dat je gaat veranderen, dat je je gaat bevrijden, dan begrijp je dat dat al lang geleden gebeurd is, en dan accepteer je die verandering zonder je druk te maken over de consequenties ervan. Dan laat je je meevoeren op de grote vloedgolf die de oudste granietlagen kan wegslaan en het landschap onherstelbaar verandert.

26

'Myriam, ik neem ontslag.'

27

Myriam loopt met haar rijzige gestalte door de kamer. Ik ben vrij om te zeggen wat ik denk, in plaats van mijn gedachten aan papieren te moeten toevertrouwen die ik de volgende dag weer weggooi. En ik ben niet bang meer voor een afwijzing, want ik weet waar ik naartoe ga: ik ga naar Bunia.

'Myriam, ik hou niet van jou zoals jij volgens mij van mij houdt.'

'Jij weet niets over de liefde en nog minder over Afrikanen. Dus weet je helemaal niks over mijn liefde voor jou.'

'Ik ben dol op je glimlach en ik vind het steeds fijner om met je naar bed te gaan. Maar dat is geen liefde.'

'En stel dat ik alleen maar van je hou omdat je me zacht en respectvol behandelt? Dat ik daar genoeg aan heb? Is dat liefde zoals jij het bedoelt?'

'Nee, dat noem ik genegenheid, wederzijds vertrouwen.'

'En als dat wederzijdse vertrouwen nou eens het hoogste geluk is dat ik bij een man kan vinden, ben je dan bereid om toe te geven dat mijn gevoelens even diep zijn als wat jij liefde noemt?'

Myriam gleed in de open plekken die Kabanga had achtergelaten. Nu ik me openstelde voor woede en razernij, was er ook ruimte voor andere irrationele emoties, zoals genegenheid, begeerte en misschien zelfs liefde. Maar daar ben ik nog niet aan toe: in deze onbekende wereld van de emotie ben ik een angstige, aarzelende leerjongen. Eerst moet ik stevig op mijn benen leren staan.

'Dan kunnen we misschien een eindje samen reizen.'

Als je altijd bang bent geweest voor emoties en je je uiteindelijk laat gaan, dan mis je de woorden om dat uit te drukken. Ik heb net het meest vreselijke gezegd wat ik me kan voorstellen en ik pak een whisky uit de minibar.

Myriam glimlacht en reikt me de hand.

'Dat is een mooi beeld. Kom, Claude.' Ik ga liggen en ik betrap mezelf erop dat ik, net als in mijn puberteit, kijk en begeer. 'Bij jullie zijn de reizen die je samen maakt kort, bij ons zijn ze lang.' We bedrijven de liefde behoedzaam en langdurig, alsof we ons voorbereiden op een lange reis. We hebben een gezamenlijk ritme gevonden dat zowel gebaseerd is op haar verwondingen als op mijn verlegenheid: heel langzaam, als een vloed die in de richting van vredig slapende gronden rolt die nog geen weet hebben van de grote veranderingen die op til staan. We zijn veranderd. We kijken elkaar aan, we begraven ons niet in elkaars schouder bij een plotselinge hevige opleving van het genot. We praten. Kleine woordjes, doodgewone zinnen, maar voor mij zijn het gedichten: 'heerlijk', 'doorgaan', 'langzamer', 'ja!' Na de seks kletsen we en lachen we. Volgens mij zijn we vriendschappelijk verliefd.

Myriam valt met haar hoofd op mijn schouder in slaap. Voor het eerst in mijn leven heb ik een vrouw. Haar kalme, regelmatige ademhaling, de absolute overgave aan de slaap in het bijzijn van iemand die ze nauwelijks kent, overtuigen me daarvan. Als ik zeg 'Ik heb een vrouw' bedoel ik niet dat ik haar bezit. Ik bedoel dat er een vrouw is die met me meereist, die het recht heeft om te zeggen: 'Ik heb een man.' Maar waarom dan die angst, die nervositeit, waarom dat bonzende hart, dat drukkende gevoel, die klamme handen, dat gloeiende voorhoofd? Zoals een tropische storm zijn laatste adem uitblaast, kom ik weer tot rust. Ik weet precies waarom. Ik ben eindelijk een man geworden, op mijn vijfendertigste ben ik eindelijk klaar om in het leven te stappen, het echte leven, of zoals een Franse arts het uitdrukte: 'De seksueel overdraagbare en altijd dodelijke ziekte van het mens-zijn.' Ik wil Myriam niet, ik wens haar.

Als ik wakker word, is Myriam altijd al weg. Maar vanochtend is ze er nog. Ze heeft in de ontbijtzaal croissants en café au lait gehaald. We spreken geen woord. Ons eerste ontbijt samen is een ceremonie, een ritueel in absolute stilte. Ze stapt onder de douche; het geluid van het water is betoverend omdat ik weet welk lichaam door de druppels wordt geliefkoosd. Ze droogt haar haar en draait zich met haar timide glimlach naar me toe. Ze kleedt zich aan. Vrouwen die zich aankleden zijn vaak verleidelijker dan vrouwen die zich uitkleden.

'Claude, ik doe mee. Ik neem ook ontslag.'

'Ga je mee naar Bunia?'

'Dat lijkt me een lange, interessante reis.'

Ik weet niet waarom ik haar zonder er een seconde over na te denken vraag om mee naar Bunia te gaan. Ik stel vast dat ik het niet begrijp, en verder kan het me niet schelen. Ik heb het gevraagd omdat ik het wil. Nu moet ze weg. Ik mis haar nu al en ze is nog niet eens bij de lift. Ik heb ongeveer twaalfduizend dagen aan mezelf gebouwd, de laatste twaalf jaar heb ik dat zelfs bewust gedaan. Gevoelens, emoties en verlangens zijn funest voor de rede. Ik heb mijn volwassen leven gebouwd op ideeën, principes en overtuigingen. Ik moet toegeven dat dat niet eens mijn verdienste is, want onbeheersbare oplevingen van de geest, zweet dat zomaar uitbreekt, verbazing over de schoonheid van een lichaam, hadden bij mij altijd tot misverstanden en mislukkingen geleid. Toch was het niet het leven waarvoor ik zo bang was dat ik me er bijna uit terugtrok; het waren de vrouwen.

Dankzij Kabanga is alles veranderd. Dat is vreemd. Ik besluit me erbij neer te leggen dat ik het niet begrijp.

Overgave, het gevoel dat je leeft zonder vangnet, vrij van enige angst, is een nieuwe ontdekking voor me. Ik ben niet bang meer om te koorddansen, en ook niet voor mijn eigen woede en verlangens.

Zonder erover na te denken was ik over Bunia begonnen, terwijl ik geen idee had wat ik er ging doen en waarom ik ernaartoe wilde. Maar terwijl ik het zei, besefte ik dat dat de plaats was waar ik Kabanga kon zien terugkeren naar de plek waar hij zijn gruweldaden had begaan, en te observeren hoe hij zich in vrijheid gedroeg.

Het bericht van mijn ontslag werd ontvangen met een lichte teleurstelling die ik niet wenste te evalueren. Ik gaf mijn identiteitskaart met magneetstrip af bij de beveiliging. De Nederlandse beambte keek me niet eens aan. Daar zijn Nederlanders goed in, om je te zien zonder je aan te kijken.

Ik zit in het park voor het gebouw van het Hof op mijn lievelingsbank waar bijna alle eenden en zwanen naartoe komen. Ze komen hier als de kleintjes in het gras willen uitrusten. De eenden zal ik missen; de Nederlanders niet. Ik heb heel wat Nederlandstalige romans gelezen: van de gevierde Hella Haasse, van de herrieschopper Jeroen Brouwers en vooral van Harry Mulisch. Ik hoopte dat ik in hun boeken de goede kanten van dit land zou ontdekken. Ik ben gewend aan literatuur die van haar land houdt; dat is zowel bij de Québecse als bij de Franse het geval. Ik ben volgestampt met idiote snoeverijen: 'een typisch Québecse glimlach', 'de welbekende Québecse creativiteit', 'Frans genie'. Alsof de Chinezen het buskruit en de Arabieren de optica en algebra niet hebben uitgevonden. Maar kijk, de Nederlandse auteurs bevestigen het: de Nederlandse glimlach bestaat niet, dat is een spierkramp die je op de handelsschool krijgt aangeleerd. Nederlandse gastvrijheid bestaat ook niet, die gaat niet verder dan toestemming aan de klant om in het restaurant plaats te nemen en daarna te wachten tot hij om de kaart vraagt, om hem vervolgens verwijtend aan te kijken omdat hij een vraag stelt over een gerecht, dat je hem pas na heel lang wachten brengt. Nederland is de beschaafdste barbaarse natie ter wereld. Hoe heb ik het hier drie jaar kunnen uithouden? Om hier te wonen moet je óf dood, óf Nederlander zijn. En dan die taal, die eindeloze samenklontering van keelklanken, die eeuwige neiging om te schreeuwen, die grommende g's gevolgd door r's die klinken als een oprisping en pijn doen aan ieder min of meer normaal oor. Ik haat dit land. Hier op dit bankje, omringd door mijn eenden die niet op zijn Nederlands kwaken, maar ingetogen en beleefd, onderzoek ik hoe ver mijn haat reikt. Ik wou dat er nu een doorsnee-Nederlander naast me kwam zitten, dan kon ik eens haarfijn uitleggen hoe ik over dit land denk. Ik denk erover na, maar ik zou het liever uitspreken.

Ik zou willen praten over wat ik voel. Dat is nieuw voor me. Als ik terugga naar het hotel, word ik net als anders door de receptionist begroet. In de eetzaal zegt Michael: 'Allo sir' en doet de knappe Edith of ze me niet ziet omdat ze niet wil ingaan op een uitnodiging die ik haar zes maanden geleden heb gedaan.

'Michael, do you like me?'

'What do you mean, sir?'

'Do you want to know more about who I am?'

'I don't have time for human contacts, I am working.'

Michael keert me de rug toe en richt zich op de handbalwedstrijd op tv.

Myriam. De gedachte aan haar ontroert me. Ik denk niet dat mijn emoties op drift zullen raken alsof ik een puber ben. Ik voel me kalm, vredig, vrij van al te hevige emoties. Ze zei dat ze haar koffer ging pakken en dat ze hier vanavond om negen uur weer zou zijn. Ik kijk niet op mijn horloge, ik weet dat ze zal komen. Ik kijk naar de handbalwedstrijd. Michael pulkt in zijn neus. Het is negen uur. Het ruikt hier naar jasmijn. Is een vredig geluksgevoel een gevolg van zekerheid? Misschien wel. Daar is ze. Ze is weer een Somalische geworden. Ze draagt de traditionele kledij en een hoofddoek die niet islamitisch maar Somalisch is, die beschermt tegen zandstormen of slechts een accessoire is, iets kokets. Ze sleept twee enorme koffers achter zich aan waarin waarschijnlijk de strakke spijkerbroeken zitten die ze in haar tijd bij het Hof dagelijks droeg. Vreemd genoeg glimlacht ze niet, ze kijkt me niet eens aan. Ze kijkt naar de vloerbedekking, onbeweeglijk, het toonbeeld van de eerbiedige vrouw die een opdracht van haar man afwacht.

'Is dat een islamitische sluier die je draagt?'

'Voor sommige vrouwen wel, maar voor mij is het een Somalische. Hij houdt je warm als de nacht als een zware mantel over je heen valt, en bovendien vind ik hem mooi. Hij maakt mijn gezicht mooier. Ik vind me knapper met die sluier. En het is ook geen preutse sluier, begrijp je. Hoe mooier je sluier, hoe beter je gezicht uitkomt, hoe meer de mannen je begeren. Daarom kleed ik me op z'n westers sinds ik hier ben: ik wilde niet dat mannen me begeerden.'

'Gaan we naar boven?' Ze glimlacht.

'Ja, thuis is het fijner.'

Of het een thuis is weet ik niet, maar haar woorden maken me blij.

In de twee koffers zitten geen spijkerbroeken maar boeken, juridische verhandelingen, dossiers, rapporten van ngo's en de VN. Ze zweeft door de kamer, legt rondslingerende boeken op hun plaats, pakt de asbak, leegt hem, wast hem af en zet hem op het nachtkastje. Zo zou een engel ook bewegen, volkomen op haar gemak, met een delicate maar zelfverzekerde gratie. Ik lig op bed en kijk naar haar. Ze weet het, want regelmatig buigt ze haar hoofd en glimlacht verlegen. 'Je vindt het toch niet erg?' Dan gaat ze weer verder met opruimen, grondig en zorgvuldig. 'Je overhemden zijn helemaal verkreukeld. Die doe ik morgen wel.' Ze kijkt om zich heen om zich ervan te vergewissen dat alles in orde is. 'Er ontbreken alleen nog bloemen.'

Bloemen? Wacht, ik ben zo terug. Naast het hotel is een enorm tuincentrum. Ik klauter op de afvalbakken van de hotelkeuken die tegen de omheining van het tuincentrum staan. Daarna is het kinderspel, hoewel drie jaren van hotel en dossiers, van uitsluitend zittend werk mijn spieren stijf hebben gemaakt, hoe sportief ze ooit ook waren. In het donker kies ik min of meer op goed geluk een rozenstruik uit, die in het koude maanlicht van september in een laken van witte bloemen lijkt gewikkeld. Nederlanders zijn vulgair en smakeloos, maar ze bedenken de mooiste bloemen van de wereld – ga er maar eens aan staan. De bloemen zijn niet wit maar gebroken wit, met groentinten aan de uiteindes en aanzetten van de blaadjes. Bloemen in harmonie met de groene stengels. Ze is een en al bewondering. 'Die heb je gestolen.' 'Nee, geleend, ik ga morgen betalen.' Ze glimlacht.

'Ik ben moe,' zegt ze.

'Ik ook.'

Ze doet het licht uit en zittend op de rand van het bed kleedt ze zich langzaam uit. Ze wordt verlicht door een straal maanlicht. Ik kijk vol bewondering toe. Deze nacht is geen huwelijksnacht maar een nacht van vertrouwen en rust, dat hoop ik tenminste. Zouden we samen in slaap kunnen vallen, gelijktijdig, en al slapend in hetzelfde ritme kunnen ademen? Dezelfde dromen dromen, eendrachtig bewegen zodat het lichaam van de een de ander niet stoort? Kunnen we liggende grafbeelden in dezelfde grafkelder worden, verenigd in geestelijke en lichamelijke rust?

Ja, dat kan. Ik drijf als op een zee in de halfslaap die je altijd langer wilt laten duren. Op mijn schouder ligt een warme arm. Ik neem de hand tussen mijn vingertoppen. Een vinger van de hand omklemt mijn vinger. We worden wakker. Soms betekent wakker worden dat je de wereld opnieuw moet ontdekken en begrijpen. Ik merk dat de verstrengeling van die sierlijke benen met de mijne geen slaapreflex is maar een weloverwogen beweging, en ik draai me zachtjes om. Myriam kijkt me aan met ogen die dik zijn van de slaap. En ook al kan ik niet tot op hun bodem kijken en er alle pijn, maar ook alle zachtheid van de wereld in zien, toch zijn haar ogen die me aankijken het enige wat ik zie. We bedrijven de liefde zonder een woord te zeggen, zacht en teder, alsof we op een schip varen dat wordt gedragen door een kalme zee met een gunstige wind.

Myriam zet koffie. 'Ik ga de bloemen betalen.' De bloemiste is een forse, hoogrode vrouw die me met Nederlandse achterdocht bekijkt als ik haar vertel over mijn inbraak. Ze ruikt naar de grond die ze bewerkt; haar nagels zijn zwart. Ik wijs naar een rozenstruik die lijkt op degene die ik geleend heb. Ze pakt me bij mijn elleboog als een schooljuffrouw die een leerling betrapt. Ik hoor de zwarte eenden snateren, er steekt een koude wind op die een gemene motregen meevoert. 'U had deze moeten lenen, meneer.' Geel, goudachtig oranje en roze, met bloemblaadjes die aan de onderkant zijn opengewerkt als kant. In het midden vormen ze een haast solide kegel. De kwetsbaarheid van de opengewerkte kanten blaadjes en de stevigheid van het hart van de bloem. Ik had nog nooit een bloem bekeken. Ik had nog nooit iets echt bekeken, behalve in mijn jeugd wat borsten in encyclopedieën en zwarte eenden in de gracht. Ik beloof de geleende rozenstruik terug te brengen en ben nu de bezitter van een stralende, weelderige, glinsterende rozenstruik met acht bloemen en zeven knoppen: bloemenkinderen, juwelen, sculpturen.

Myriam heeft croissants, fruit en kaas gehaald. Ze heeft een wit laken gevonden en de tafel is gedekt als in een keurig huishouden. Ik kijk om me heen. De hele kamer is opgeruimd. Ik zou het zelf nooit gedaan hebben maar ik vind het fijn, net zo fijn als Myriams wens om me aan tafel te bedienen en te vragen wat ik wil. Ik voel me goed.

'En wat doen we nu?'

28

Achter die eenvoudige vraag, die Myriam zonder zichtbare emotie stelt terwijl ze een chocoladebroodje in haar café au lait doopt, gaan vele vragen schuil. 'Laten we gaan wandelen.' Ik weet dat ik het beantwoorden van haar schijnbaar onschuldige vraag uit de weg ga. Ik verras mezelf, want ik hou niet van wandelen, ik beschouw het als een zinloze oefening in contemplatie of verveling gebezigd door bejaarden die niet van televisie houden of eenlingen die het leven wantrouwen. Ik kan me niet herinneren dat ik ooit een wandeling heb gemaakt zonder duidelijk omlijnd doel: de winkel op de hoek, de markt, een afspraak. Ik wil dat mijn stappen ergens naartoe leiden. Lopen doe je toch niet voor niks? Maar nu wil ik opeens de Herenstraat in, etalages bekijken, doorlopen tot aan het grote park aan het einde van de straat en uitvinden wat dat witte, barokke, kolossale paviljoen in het midden is.

Achter Myriams eenvoudige vraag gaan allerlei dingen schuil die ik nog niet begrijp en die me, hoe goed ik me ook voel, doodsbang maken. Wat doen we nu? We, dat zijn jij en ik. Wat gaan jij en ik morgen doen? En wat gaan jij en ik daarna doen? Het is niet de toekomst die me zorgen baart, maar dat 'wij' dat aan terrein wint, waarvan ik geniet maar wat me tegelijkertijd doodsbang maakt.

'We gaan wandelen, het is mooi weer. Aan het einde van de Herenstraat ligt een park.' Het is ook wat zij wil. Ik weet dat ze straks, als we in het park voor het witte paviljoen staan en ze naar de vijver kijkt, zal vragen: 'En wat doen we nu?' De enige oude straat van Voorburg is niet zo interessant, een en al lelijke winkels. Ik kom erachter dat het witte paviljoen een vrij chic restaurant is, vol Nederlandse oude taarten en rood aangelopen boekhouders. De zwanen in de vijver geven de plek wat elegantie en de oude eiken verlenen haar een zekere distinctie. Behalve naar mijn zwarte eenden heb ik nooit met plezier naar vogels of andere dieren gekeken, en naar bomen nog minder. 'En wat doen we nu?' Ik wist het. Die vraag zal continu terugkeren, als een mantra, een Koranvers. 'We gaan terug naar het hotel.' 'Prima, maar wat doen we morgen, overmorgen, volgende week, volgende maand, volgend jaar?'

Ik ben dol op Myriam. Ik wil haar niet vertellen dat Kabanga me in haar armen heeft gedreven, dat Kabanga's vrijlating me boven op haar heeft gelegd, dat mijn wil om te leven voortkomt uit mijn woede en niet uit haar kleine borsten en verlegen glimlach, hoe gek ik ook op ze ben. Maar toch kan ik me mijn leven niet meer zonder haar voorstellen. Die boom die ik bewonderde, bewonderde ik omdat zij bij me was. Anders zou ik in mijn kamer dossiers hebben doorgenomen of zitten nadenken. Ik ben al minder bang, maar nog heel wantrouwig. Het geluk is als een pas ontloken bloem.

Ze pakt mijn hand en knijpt erin. Ik moet antwoorden. 'We gaan in Bunia wonen.'

Misschien ga ik te ver met 'We gaan in Bunia wonen'. Ik had liever gezegd: 'We gaan naar Bunia.' Voorlopig blijven we nog een paar dagen in het Mövenpick wonen, zodat ik allerlei complexe transacties kan uitvoeren waar ik zo slecht in ben. Mijn geld overboeken naar een bank die relaties heeft in Congo en me ervan vergewissen dat ik er in Bunia bij kan. Ik heb geen zin om rond te lopen met duizenden dollars contanten op zak.

Het 'wij' nestelt zich, en dat persoonlijk voornaamwoord, hoe onschuldig ook, maakt me onrustig. 'Laten we naar Martins wijnbar gaan, dan kun je mijn makkers in tegenspoed ontmoeten.' Ze zijn merendeels homoseksueel, mijn kameraden in de eenzaamheid, en zijn daar discreet over omdat ze ambtenaar, diplomaat of rechter zijn, maar kijk op vrouwen hebben ze. Ze hebben maar een enkele blik nodig om schoonheid en gratie te herkennen, en als ik Myriam aan hen voorstel putten ze zich uit in complimenten. Ze speelt het spel beter dan ik: ik weet nooit hoe ik moet reageren als ik ook maar de schaduw van een compliment krijg. Ze stellen haar vragen over haar kleding, ze draait in het rond om de panden van haar lange rok te doen opwaaien; dan neemt ze weer het verlegen air aan van een Somalische vrouw in den vreemde. De mimiek die Somalische vrouwen voor blanken reserveren. Hun oordeel over Myriam stelt me gerust en brengt me in verrukking. Ik zie, ik voel dat ze me in de gaten houdt als een hinde die achter een struik zit weggedoken. Waarom jaagt mijn bewondering me angst aan? Ik vraag het aan Martin als we een sigaretje roken bij de deur van de bar. Martin heeft het knappe uiterlijk van een ouder wordende man die zijn elegantie en wijsheid heeft bewaard, evenals zijn stille wateren, waar hij soms aan refereert zonder er echt over te vertellen. 'Je bent bang voor de liefde, Claude. En toch denk ik dat je verliefd bent.'

Myriam glimlacht niet meer. De klanten zitten te kletsen, ze kijkt me smekend aan. We nemen de laatste trein naar Voorburg. De wagon is vies, de trein lawaaiig, een stelletje tuig terroriseert de passagiers. Ik hou haar hand vast, ze legt haar hoofd op mijn schouder, en ook al duurt de reis maar vier minuten, volgens mij valt ze in slaap. Ik weet niet of het klopt wat Martin zegt, dat ik verliefd op haar ben, maar ik weet dat ik voor het eerst van mijn leven een vrouw heb. Een vrouw hebben. Zeggen vrouwen ook 'een man hebben'? Ik denk het niet.

29

(Reuter) 'Het hooggerechtshof van de Democratische Republiek Congo heeft zich uitgesproken tegen het regeringsstandpunt dat Thomas Kabanga niet naar zijn land kan terugkeren. De leider van de Patriottische Unie der Congolezen was door het Internationaal Strafhof aangeklaagd wegens oorlogsmisdaden en misdaden tegen de menselijkheid, in het bijzonder de systematische inzet van kindsoldaten, maar is wegens een vormfout vrijgelaten. De rechters waren van mening dat de regels voor volledige openbaarmaking aan de verdediging niet door de aanklager waren gerespecteerd. De beslissing, die veel ophef veroorzaakte bij de VN en bij ngo's die zich bezighouden met internationaal recht, roept vragen op omtrent het bestaansrecht van het Strafhof. Om haar zaken goed te kunnen voorbereiden heeft de aanklager de medewerking nodig van burgers in conflictgebieden, waarbij de ngo's op een zekere mate van vertrouwelijkheid moeten kunnen rekenen om te voorkomen dat hun medewerkers doelwit van represailles worden. De aanklager liet weten "bitter teleurgesteld" te zijn door de uitspraak.'

Radio Okapi, DR Congo: 'Twee jongemannen uit Bunia en een medewerker van het Internationaal Strafhof zijn hedenochtend gedood toen ze op weg waren naar de kantoren van het Strafhof in Kinshasa. In de buurt van het ministerie van Justitie liepen ze in een hinderlaag. Bronnen bevestigen dat de jongemannen, waarvan er een Maurice heette, beschermde getuigen in de strafzaak tegen Kabanga waren. Zoals bekend heeft het ICC vorige week bevolen dat Kabanga op vrije voeten moest worden gesteld en bereidt de voormalige leider van de PUC zich voor op een terugkeer naar zijn land. Onze correspondent in Bunia deelt mee dat de gevechtstenues en wapens zijn teruggekeerd in de straten van de Iturische hoofdstad en dat overal foto's van Thomas Kabanga zijn aangeplakt.'

Memo van de MONUC – VN-missie in de Democratische Republiek Congo
Geheim
Betreft: Vrijlating Thomas Kabanga
ICC: 'De komende tijd is het niet mogelijk om de veiligheid van ICC-personeel in Congo te waarborgen. Alle geplande missies in het gehele land dienen derhalve te worden geannuleerd.'

In de Herenstraat ontmoet ik een ex-collega die werkt aan de zaken uit Kivu. Mathieu is een jonge, idealistische Fransman, zoon van een protestantse predikant en voormalig onderzoeker voor Human Rights Watch. Hij wankelt op zijn benen, ik zie dat hij gehuild heeft. 'Dat zijn geen rechters, Claude. Dat zijn een stelletje idioten.' Ik vraag niet of hij iets met me gaat drinken. Ik pak hem bij zijn arm en breng hem naar het gebouw van het Hof.
    'Wat doen we, Claude? Claus denkt ook al over ontslag.'
    'Ik ga naar Bunia, misschien wil je mee.'

30

Op de hotelkamer zit Myriam in de fauteuil op me te wachten, gekleed alsof we uitgaan. Nee, ze maakte zich geen zorgen, ze wist dat ik dingen te doen had en dat ik terug zou komen. Ze stelt me geen vragen. Ik lees mijn e-mail. Mijn geld is overgemaakt naar Nederland en een contact in Kinshasa garandeert dat ik er vanuit Bunia bij kan. Toch raadt hij me aan om een paar honderd euro in contanten mee te noemen, voor het geval dat.

Nieuwsalert van het AFP: 'Naar verwachting zal Thomas Kabanga morgen terugkeren in Bunia na zijn vrijlating om procedurele redenen door het ICC. Op Schiphol verklaarde de militieleider dat hij zijn politieke arbeid voor een autonoom en welvarend Ituri wil voortzetten. De vredesmacht van de Verenigde Naties meldt dat er volksverhuizingen plaatsvinden. Het ziet ernaar uit dat de Lendu-bevolking de stad verlaat.'

Wat denk ik te doen in die rotzooi die er gaat komen?

In de eetzaal richt de serveerster het woord alleen tot mij. 'En wat wenst mevrouw als voorgerecht?' Myriam heeft zich in haar Somalische doeken gewikkeld. Ze zegt dat ze hetzelfde wil als ik. 'Ik vind alles lekker wat jij lekker vindt.' Ze keurt de gezette Nederlandse geen blik waardig. 'Zulke mensen bestaan niet meer voor mij,' zegt ze.

'Wat gaan we doen in Bunia?'

'We zullen zien.'

'Wat zullen we zien?'

'Wat ik aan Kabanga ga doen.'

'Wat kún je aan hem doen?'

'Weet ik niet. Maar ik weet dat ik niet het recht heb om niks te doen.'

31

Ik weet bijna niets over Myriam, die sinds ze bij mij is ingetrokken geen westerse kleding meer draagt.

Ik kijk naar het plafond, waarop de schaduwen van de wolken weerspiegeld worden, doorboord door het koude maanlicht. Myriam leest gedichten van Omar Khayyam. Dat ze me niets vertelt, dat ze zwijgt over haar kindertijd en haar opinies, komt omdat ze daar nog niet aan toe is of me nog niet volledig vertrouwt.

Morgen vertrekken we naar Kinshasa. Ik heb me van mijn leven nog nooit zo kalm gevoeld, en ik weet een beetje beter met wie ik op reis ga. De laatste dagen was Myriam voor het slapengaan, als we onze ademhaling synchroon lieten lopen, al een beetje op mijn vragen vooruitgelopen. Ze had ontdekt op wat voor manier ik de wereld leer kennen: stukje bij beetje, methodisch, met een soort encyclopedische logica. Nooit een stap overslaan. Een onderwerp volledig uitpluizen en dan pas verdergaan. Ze had begrepen dat ik haar nooit zou vragen waarom ze na haar komst naar het Westen niets meer met mannelijke begeerte van doen wilde hebben. Je kunt het slot van een verhaal niet begrijpen als je het begin en de daaropvolgende meanders niet kent. Het verhaal van Myriam begint vrolijk, hoewel ze een eerste kind was en haar vader diepbedroefd moet zijn geweest dat hij geen zoon had verwekt. In Somalië is een dochter weinig waard. Maar haar vader had in Parijs geneeskunde gestudeerd, was uitgegaan met Parisiennes en naar bed geweest met Françaises, en er waren vrouwen die het bij de tentamens beter hadden gedaan dan hij. En dus mocht de beeldschone Myriam doen wat ze wilde. Na Myriam kreeg hij drie zoons en nog een dochter. Amar, de vader, was een man met aanzien. In zijn praktijk hielp hij de armen voor niets en buitte hij de rijken welgemoed uit. Dankzij die Robin Hoodachtige struikroverij kon Myriam naar college in de Verenigde Staten en daarna internationaal recht studeren, wat haar vader hilarisch vond omdat ze de eerste in het land zou zijn die enig benul had van recht. Toen ze terugkeerde naar Somalië ging ze voor Human Rights Watch werken. Het land stond in vuur en vlam. Haar vader werd vermoord omdat hij de gewonden van alle clans behandelde zonder vragen te stellen, en Myriam kreeg 'ernstige problemen', zoals ze het noemde. Ik voelde dat we niet meer in hetzelfde ritme ademhaalden, maar ik wist dat ik de vraag die hier logischerwijs op volgde niet moest stellen. Ik draaide me naar haar toe en zij trok het laken tussen onze lichamen omhoog. Op dat moment besefte ik dat ze verkracht was. Sindsdien heeft ze niets meer over haar verleden verteld en ik stel haar ook geen vragen. Morgen vertrekken we naar Kinshasa. Bij deze vrouw is niets eenvoudig, en hoe meer ik me in haar verlies, hoe meer vertrouwen ik krijg. Hoe angstiger ik word van mijn overgave.

32

Myriam doet alsof ze slaapt. Ze probeert de ademhaling van een slapende vrouw na te bootsen, zodat ik in slaap val en zij kan nadenken. Ze heeft immers nog tijd om nee te zeggen, om niet op het vliegtuig te stappen, om terug te gaan naar Somalië; ze heeft het zonder twijfel overwogen. Alles wat ze ziet als ze haar ogen sluit is tragisch: oorlog, de overwinning van de gewapende domheid, maar vooral een grijns met rottende tanden, lachend en beledigend. Niet de verkrachting zelf doet het meeste pijn, maar de verachting en de machteloosheid. Daarom zegt ze altijd 'zachtjes' als we de liefde bedrijven en ontwijkt ze mijn blik. En als ze haar ogen opendoet, ziet ze geruststellende schaduwen op het plafond. Een streep maanlicht verlicht de kamer, de treinen rijden op tijd, buiten klinkt het angstige gesnater van een eend die een kuiken is verloren tussen de waterlelies in de waterpartij voor het hotel. Een dronkenlap schreeuwt, maar het zijn allemaal geluiden die haar geruststellen.

'Claude, slaap je?'

'Nee, ik wacht tot jij in slaap valt.'

'Vrij met me. Zachtjes.'

Ik beweeg in haar met alle lichtheid die ik kan oproepen. Zachtheid en lichtheid in de seks, dat is iets onbekends. Voor Myriam is er een flinterdunne grens tussen genot en een schreeuw van afgrijzen: een enkele al te bruuske bekkenstoot brengt haar terug naar de plek waar ze begon te sterven. Om het geslachtsdeel dat nu in haar beweegt heeft ze zelf gevraagd. Ze houdt van dit geslacht, dat zachter is dan ieder ander. Ook denkt ze dat ze houdt van de man die aan het einde van dat geslacht zit. In ieder geval vertrouwt ze hem, want als ze 'zachtjes' zegt, kalmeert hij en verontschuldigt zich voor zijn haast. Voorlopig is dat voor Myriam voldoende om van hem te kunnen houden. Het vermogen om 'zachtjes' te zeggen tegen een man en vervolgens zijn adem te horen vertragen, zijn lichaam tegen het hare te voelen in plaats van een triomfantelijke torso boven haar uit te zien torenen, als een verlengstuk van het wapen dat haar vlees kapotmaakt. Haar o zo zachte, haast fluwelen vlees, het zijdezachte vlees dat geurt naar muskus, dat je handen verrast met zijn zachtheid, maar ook dat vlees vanbinnen, dat honderdmaal doorboord is, dat hardhandig bewerkt is alsof het moest worden uitgehakt, alsof er bloederige geheime groeven in moesten worden gespit. 'Zachtjes,' zegt ze.

33

Ik geloof dat ik verliefd ben op een vrouw die ik niet ken en die misschien niet, of om de verkeerde redenen, van me houdt. Wellicht ben ik voor haar niets anders dan een opstapje naar een ander leven. Dat zou goed zijn. Dan zou ik het gevoel hebben dat ik iets bereik, dat ik iemand ergens naartoe breng, naar een rustige plek, een vredige tuin. En het enige wat ik eraan zou verliezen zijn een gehoorzame vrouw en een lichaam dat me vertrouwt. Myriams aanwezigheid stelt me gerust, maar ik kan zonder haar.

Omdat haar leven tragischer is dan het mijne heeft zij het recht om geheimen te bewaren, zaken te verzwijgen. Ik vertel zonder enige moeite over mijn doodgewone leven, want dat is het: doodgewoon. Ik hoef niets te verbergen. Mijn amoureuze mislukkingen zijn allemaal verklaarbaar, evenals mijn moeizame omgang met vrouwen; de zelfmoord van mijn vader en het ongeluk van mijn moeder liggen ver weg en hebben uiteindelijk weinig te betekenen. Ze overvielen me, maar hebben geen wonden achtergelaten. Ik graaf in mijn verleden op zoek naar frustraties, leed en leegtes, om me in Myriams leven te kunnen verplaatsen, om ons een foltering te kunnen laten delen. Ik vind niets anders dan Kabanga's onrechtvaardige vrijlating. De laatste trein naar Den Haag CS is net tot stilstand gekomen. Het is 2 uur 45. Nu blijft het stil tot

5 uur 45, wanneer de kraaien en eenden in de waterpartij door de eerste trein naar Utrecht gewekt worden. Morgenavond zijn we in Kinshasa. Alles is zo snel gegaan dat ik me niet meer druk maak over de onbekende en onzekere toekomst. Ik voel geen enkele onrust. Ik ben een zoutkorrel in de springvloed die de kust nadert met de onstuitbare logica van de grote, diepe stromingen die het klimaat bepalen, die kliffen vormen en weer afbreken, die over een periode van duizenden jaren sculpturen uithakken in het roze graniet van Bretagne. Ik ga waar het leven me naartoe brengt. Waarom heb ik opeens het gevoel dat ik het bij het rechte eind heb? Kabanga, drieduizend kindsoldaten, een onbeschaamde glimlach, gouden manchetknopen, niet de blik van een moordenaar maar van een hoofdman die vol is van zichzelf, die met alle mogelijke middelen macht en rijkdom naar zich toe wil trekken. Een verachtelijk wezen. Ik heb nooit in een wereld van primaire emoties geleefd, en ik heb hem nooit eerder gezien als iets anders dan een verdachte die volgens mij schuldig is. Ik heb het starre universum van de rechtvaardigheid verruild voor de verwarring en willekeur van de hartstocht. Of dat goed is weet ik niet, maar het is hoe dan ook de weg die ik ben in geslagen.

Myriam beweegt een beetje. Ik weet dat ze iets gaat zeggen. Ik wacht.

'Ga je Kabanga doden?'

Ik ben tegen de doodstraf.

'Nee.'

'Het is heel makkelijk om iemand te doden, weet je. Je hoeft alleen maar te denken dat hij of zij minder menselijk is dan jij. Hoe lang duurt de vlucht?'

'Acht uur. Laten we gaan slapen.'

Ik zou niemand kunnen doden, Myriam. Ik zou het niet kunnen.

Haar ademhaling komt tot rust. Ik volg het ritme van de hare. Ik slaap niet. Ik denk aan Martin, de eigenaar van de wijnbar. Ik heb hem nooit gezegd dat ik van hem hou, en Max ook niet, en Tom, de Vietnamveteraan, en Marco die op de Denneweg Muranoglas verkoopt, en de pafferige dikzak die altijd feodaal Nederlands praat, en Louis met zijn o zo elegante witte haren en al even elegante gedachten, wat niet niks is, en die knappe Noor, koel als een Viking, en het lesbische Amerikaanse stel dat ik niet mag, en die oude zuiplap die bij zijn tweede glas om zijn kinderen begint te huilen, ik denk aan al die eenzame wrakken die mij in staat hebben gesteld om in leven te blijven, want ze waren mijn enige menselijke boeien. Ik ga bij ze weg en ik heb ze niets gezegd. Dat is verkeerd. Ik had Martin moeten zeggen dat ik van hem hou en dat hij een goede vader voor me zou zijn geweest. Max zou ik bij wijze van vriendendienst vertellen dat hij zich te puberaal gedraagt. Als ik ze weer zie, zal ik het ze zeggen. Áls.

Ben ik in staat als een man te spreken en te handelen, de stap te zetten van koele observaties en gedetailleerde analyses naar woorden en daden? Ik denk het wel, ook al weet ik niets van dat proces, dat misschien eenvoudig lijkt maar volgens mij bezaaid is met alle valkuilen die een oplettend en verstandig mens kan tegenkomen: superioriteitsgevoel, de feilbaarheid van analyses, een gebrekkig begrip van de werking van het lot en het onderbewustzijn. Het enige wat me ervan weerhoudt een mens te zijn is mijn beperkte kennis van de mens. Hoeveel emoties heb ik al niet verdrongen, als evenveel abortussen?

34

Vanaf Schiphol heb ik een mailtje naar Martin gestuurd, een nogal warrig bericht, niet zo helder, maar de boodschap was denk ik wel duidelijk. Het is niet gemakkelijk voor een verlegen hetero om een liefdesbrief aan een homo te schrijven. 'Houden van' heb ik niet gebruikt. Ik ben om de hete brij van het 'ik hou van jou' heen gedraaid met stijlbloempjes, toespelingen en omschrijvingen, maar de woorden zelf heb ik niet gebruikt. Die zal ik hem wel zeggen als ik terugkom. Ik ben nog geen man. Ik ben nog altijd voor het leven op de vlucht. Ik leer het nog wel. Het is nog niet te laat.

Gate C47 in Roissy is een voorstad van Kinshasa. Ritsen kinderen vluchten weg voor hun bulderende ouders, hoogwaardigheidsbekleders poetsen hun manchetknopen, de handbagage bestaat uit tassen die groter zijn dan mijn koffer in het ruim van het vliegtuig, het grondpersoneel dat het instappen coördineert wordt lastiggevallen door ongeduldige mannen. Bij de bar in het cafetaria kamperen hele families. Myriam glimlacht, ze speelt met de ongehoorzame kinderen en kletst met de moeders die haar lekkere hapjes geven die eigenlijk voor de kinderen waren bedoeld. In het vliegtuig zal ze vertellen dat ze de wellustige blikken voelt die zeggen dat een zwarte vrouw die het met een blanke doet wel goed in bed zal zijn, beter dan de doorsnee zwarte vrouw. Ook voelt ze de verachting voor iemand die zichzelf heeft verloochend om bij een rijke man te kunnen zijn.

We zijn over Parijs gevlogen, hebben neergekeken op Toulouse, zijn richting Caïro gedraaid en steken nu de woestijn over. Mijn buurman vertelt eerst dat hij zo ongeveer minister is, dan komen de nuanceringen. Secretaris, zegt hij, adjunct, kabinetschef. Zijn functie verandert naargelang de hulp die hij me kan bieden. Hij groet iemand die langsloopt, noemt hem 'waarde collega'. De kinderen zijn in slaap gevallen. Dit vliegtuig is een dorp, iedereen kent elkaar, of bijna iedereen. Met een prijs van duizend euro per ticket moet je tot de elite behoren om hier een stoel te kunnen betalen, en de elite blijft zoals hij is: een beetje corrupt, sjoemelig en incestueus, de Congolese elite kortom, gevormd in de mal van Mobutu. Mijn kabinetschef biedt aan om mijn zaken voor me te regelen, mijn gangen te vergemakkelijken en me 'in alle vriendschappelijkheid, waarde vriend' te introduceren, omdat ik een bijdrage wil leveren aan de ontwikkeling van Congo. Ook degenen die het land kwamen ontwikkelen zijn zo goed mogelijk uitgemolken, in de wetenschap dat ook zij roofdieren waren, hongerige beesten die mijnen en bossen opvraten en hier en daar een keuteltje rijkdom op de uitgemergelde, verwoeste aarde achterlieten. Mijn nieuwe vriend heeft me drie visitekaartjes gegeven, en hij kent de gerant van het Memling, waar we gaan verblijven. Ik weet gewoon dat Évangéliste – zo heet hij – morgenmiddag in het Memling bij het zwembad zal staan en zal zeggen: 'Wat een gelukkig toeval, meneer Claude!' Hij draagt een pak van Cardin uit de jaren negentig, hij heeft een Rolex om zijn pols en hij stinkt naar eau de cologne.

Myriams gezicht ziet er triest uit als ze slaapt. Het is lang en fijn, zo delicaat als antiek porselein. Een geglazuurd gelaat, zo glad dat het lijkt alsof haar zuivere trekken zich dood houden als ze vrij zijn van spanningen.

Wat doet Kabanga vanavond in Bunia? Hij zit rustig te eten in een restaurant, strooit glimlachjes en handdrukken rond. Hij neemt zijn plek weer in. Hij is een misdadiger, maar gestoord is hij niet, zoals sommige andere Afrikaanse krijgsheren naar wie ik onderzoek heb gedaan. Hij is geen moordzuchtig monster dat bloed nodig heeft. Hij is afgestudeerd in de psychologie aan de universiteit van Kisangani. Dat maakt hem nog niet gekwalificeerd om ernstige gevallen te behandelen, maar uit de oude handboeken vol ezelsoren, die iedere psycholoog ter wereld achterhaald vindt, heeft hij genoeg meegekregen om met overtuiging over de bezoekingen van de geest te kunnen spreken. Ik ken Kabanga. Trots maar geduldig, gewelddadig maar methodisch. Nu hij in Bunia is teruggekeerd, streeft hij ernaar keizer te worden. Net als Napoleon werd hij verbannen en is hij teruggekeerd. Maar Kabanga is geen Bonaparte. Hij is een man met weinig persoonlijke ambitie, wat hem een voorzichtig mens maakt. Hij wilde de regering in Kinshasa niet ongerust maken door een triomfantelijke intocht te houden. Hij houdt zich dood en hij wacht, als een geduldige krokodil die met één oog open onbeweeglijk in het modderige water ligt te wachten, om vervolgens ongemerkt naar de oever te zwemmen en dan hap! het eerste het beste kind dat er zit te spelen op te vreten, en daarna zijn moeder en indien nodig het hele gezin.

Mijn buurman vraagt wat ik van de situatie in Congo vind. Ik zeg dat ik zijn land niet zo goed ken. U weet dat

Kabanga is teruggekeerd? Ik ken geen Kabanga. Hij vertelt me het verhaal van de patriot die door buitenlandse mogendheden op het verkeerde pad is gebracht. Een goede man, die weliswaar fouten heeft gemaakt, maar dat doet iedereen in dit land. Wat voor fouten dan? Hij heeft gevochten, oorlogen gevoerd en zelfs misdaden begaan, maar wie heeft dat niet in dit land? 'Hij is een goed mens. Hij doet veel goeds. Hij heeft uitstraling en een vlotte babbel. Je kunt aan hem merken dat hij een intellectueel is. En intelligent ook. Mijn neef woont in Bunia en die heeft me over zijn terugkeer verteld. Hij heeft de leden van zijn partij verboden om hem van het vliegveld af te halen. Hij wil geen oude wonden openrijten. Het enige wat hij wil is weer een eenvoudige burger worden, die werkt aan de ontwikkeling van zijn land en de stabiliteit in Ituri.'

Maar hoe zit het dan met die drieduizend kindsoldaten? De kabinetschef zou zeggen dat dat fabeltjes van de blanken zijn, dat je nooit kunt weten hoe oud een kind is en dat kinderen nou eenmaal van vechten en geweren houden. Ik denk aan mijn kindsoldaten Josué en Béatrice en aan de andere getuigen, Marie en Aristide, die niet meer door het Hof worden beschermd, die door de heuvels rond Bunia zwerven, die zich schuilhouden omdat het gerucht gaat dat Kabanga al zijn aanklagers wil doden. Hij wacht zijn tijd af. Ik ken hem, Kabanga, hij is geduldig. Ik ook. Je moet de Afrikaanse manier aanleren. De Afrikaanse manier. Vijfhonderd doses combinatietherapie.

Ik kijk naar zijn pols.

'Wat kost dat nou, zo'n Rolex?'

'Drieduizend euro, het is een van de goedkopere modellen en ik heb hem van een vriendje.'

'Zijn de ambtenarensalarissen zo goed in de Democratische Republiek Congo?'

'Nee, integendeel, maar ik heb wat geld van mijn familie.'

'Wat deed uw familie onder Mobutu?'

Dat is niet de Afrikaanse manier. Ik moet leren vragen te stellen zonder ze te stellen, want opeens zit mijn buurman te slapen. Dit is mijn wereld niet. Zijn familie zal wel in diamanten handelen of een goudmijn bezitten of buitenlanders aderlaten; zijn familie deugde wel, stond wel een neef af als de autoriteiten daarom vroegen. Ik weet niet of het waar is, maar zo stel ik het me voor. Om een Rolex te dragen en businessclass te reizen, om gekleed te gaan als een vogelverschrikker uit de jaren negentig, moet je of een bandiet, of de zoon van een bandiet zijn. En in dit vliegtuig zijn bandieten geen misdadigers. Die zijn of minister, of ambtenaar.

De kabinetschef maakt me wakker. 'Kinshasa.' Ik vraag of hij mij voor die prijs geen Rolex kan bezorgen. Hij glimlacht. Myriam ligt als een kind te slapen, met gebalde vuisten. We gaan landen, ik voel dat we afremmen en dat de luchtdruk een prop in mijn oren maakt. Hij zou me graag nog eens ontmoeten, misschien kan hij mijn zaken en ondernemingen bespoedigen. Ik heb geen enkel project, en dat is voor het eerst in mijn leven. Ik heb alleen een bestemming, een stad die ik niet ken, en een reisgenote die haar vuisten nog steeds gebald houdt. Hoe kun je deze man, die gewend is om iets mee te pikken van alles wat gebeurt, die vriendschapsbanden aanknoopt met iedereen die nuttig zou kunnen zijn en degenen die dat niet blijken te zijn direct laat vallen, hoe kun je zo iemand duidelijk maken dat dat niet 'nou eenmaal de manier is waarop de mens leeft'? De kabinetschef zal naar het Memling komen om over de Rolex en mijn projecten te spreken.

Joseph, die ik in Den Haag al heb ontmoet, staat op het tarmac te wachten, neemt onze paspoorten aan en brengt ons naar de viplounge. Hij neemt de formaliteiten voor zijn rekening. In Kinshasa ziet de helft van een Airbus 340 elkaar in de viplounge, terwijl een stuk of twintig Josephs voor de formaliteiten zorgen. De kabinetschefs kijken elkaar vanuit de hoogte aan, want al deze mensen zijn ooit vijanden geweest; langslopende ministers kijken of er geen journalisten op hen staan te wachten, ambassadeurs van kleine landjes moeten geduld hebben, meisjes zoeken klanten bij de bron. Myriam heeft een plekje gevonden tussen twee leren fauteuils. Ze gaat zitten als een angstig dier in een geïmproviseerd leger. Weggekropen in deze salon vol wrede roofdieren lijkt ze zo zacht, zo breekbaar. De kabinetschef knikt me toe en glimlacht. Joseph keert terug met onze paspoorten als trofeeën aan het einde van zijn uitgestrekte arm.

Joseph is niet een van de slimsten. Hij is afgestudeerd aan de universiteit van Kisangani, net als Kabanga, maar dan in communicatiewetenschappen. Sinds drie jaar werkt hij in Kinshasa voor de griffie van het Strafhof, waar hij belast is met het uitleggen van de vonnissen aan de lokale pers. Van collega's weet ik dat hij op persconferenties niet uit zijn woorden komt, verstrikt raakt in de zinnen, verdwaalt in de 'richtlijnen' die hij uit Den Haag ontvangt en steevast afsluit met de opmerking dat er recht zal worden gesproken, omdat dit recht internationaal is. De journalisten in de hoofdstad beschouwen hem als een huurling, een huichelaar. Toch kun je je geen eerlijker mens dan Joseph voorstellen.

Hij stuurt zijn Cherokee door de duisternis over de enige weg naar het centrum. Deze weg wordt de snelweg genoemd. De auto's trekken als schepen door de roodachtige mist terwijl honderden spoken, zombies, schimmen, geesten rondzwerven door deze sluier van zand en stof, verlicht door koplampen en de vuurpotten waar vrouwen omheen zitten die een handvol uien, bananen of maniok verkopen. Mannen met zware vrachten slingeren tussen de auto's door. Dit is geen snelweg, dit is een mierennest, en geen enkele claxon kan de mieren opschrikken. Sterker nog, de insecten dagen de vierwielige monsters uit, ze versperren het glanzende metaal de weg en kijken uitdagend als ze de autoweg uiteindelijk weer laten functioneren. Het is een betoverende chaos, de warme wind is opwindend, het stof waait op in roodachtige spiralen. Alles is mij volkomen onbekend, het lijkt op niets dat ik al ken, en toch vraag ik me af waarom ik dit zo lang heb uitgesteld. Waarom ik zo lang met leven heb gewacht. Want hier is het leven dan, een onvoorspelbaar gekrioel, een permanente improvisatie, een draaimolen op de kermis, een rondreizend circus in de provincie met drie Spaanse kippen, twee dromedarissen en een gnoe. Het leven op de kleinst denkbare schaal, het leven van bijna iedereen. 's Ochtends opstaan, onzekerheid, lawaai van kinderen, een blik naar buiten om te zien of de lucht grijs is of rood. Zo leeft bijna iedereen. Zo heb ik nooit geleefd.

Voordat we aankomen in het hotel, biecht Joseph op dat hij bedenkingen heeft. Sinds de geruchtenmolen het nieuws van Kabanga's vrijlating heeft verspreid, zijn zijn aanhangers een wraakactie begonnen. Er zijn al een paar huizen in brand gestoken. Wapens die onder takkenbossen of boven valse plafonds verborgen lagen zijn weer op straat gezien. Net als de oude – Rwandese – uniformen. *Back to the future.* En dan die twee getuigen die zijn onthoofd en wier lichamen voor de ingang van het Libanese restaurant op de avenue de la Libération zijn neergesmeten. Hij vreest dat het niet de enigen zullen zijn. Anonimiteit is hier onmogelijk, omdat geruchten de dienst uitmaken.

In de lobby van het Memling contrasteren het gelakte hout, de kruiers in livrei, de viponvangst, de creditcards, de jasjes van Dior en de Rolexen met het leven. Diner bij het zwembad, Chinezen die mijnen verruilen voor kredieten, en alles wordt in Amerikaanse dollars afgerekend, zelfs de Perrier. Dit is het officiële Afrika van de ministers en hoge ambtenaren. Ik zie weer voor me hoe Charles Taylor in Den Haag in de beklaagdenbank zat. Met zijn misprijzende blik zag hij eruit als een succesvolle zakenman die geen enkele interesse in zijn eigen proces had. Deze mensen leven niet in hun eigen wereld. De psycholoog Kabanga zou misschien kunnen uitleggen hoe je een roofdier wordt, een kannibaal die zijn eigen broeders en zusters slacht, een zwarte magiër, een beroepsoplichter, een sjacheraar, een moordenaar, een folteraar, en allemaal met dezelfde glimlach die je aan de buitenlander van de Wereldbank of de vertegenwoordiger van het Chinese consortium laat zien.

Myriam draagt een felgele sluier. Ze bestelt een cola. Haar kleding maakt haar alleen maar aantrekkelijker. De sluier benadrukt de fijnheid van haar gezicht, dat weer iets over haar verborgen lichaam verraadt. Als je naar haar ogen kijkt stel je je haar benen voor, als je naar haar fijne neus kijkt zie je haar borsten voor je. Haar sluier maakt haar verleidelijker door haar te verhullen. Een slui-

er kan hevige hartstocht opwekken, meer nog dan westerse kleding die de waren juist tentoonspreidt. Een sluier
vraagt erom weggescheurd te worden, hoe kuis hij ook
lijkt, hoe goed hij alles ook verbergt. Schrijft de islam
daarom vaak sluiers voor, omdat die wellust en krankzin-
nige begeerte opwekken?

Ik scheur haar sluier niet kapot, maar trek hem wel
ruw weg. Ik vergeet mijn vroegere aarzelingen en duw
Myriam zonder een woord op bed. Ik kus haar niet, streel
haar niet, er is alleen de schokkerige adem van het seksuele verlangen, de bruuske en ritmische bewegingen van het
bezitten, het gehijg van een man die zich bevredigt. Ze
kreunt zachtjes en zegt droog: 'Ja, zo namen ze me altijd.'
Nog een deel van het leven waarvan ik niets begrepen
heb. Ik zal haar niet vertellen dat het door haar sluier
kwam. Ik zal ook niet zeggen dat ik geen verkrachter ben.
Ik werd meegesleurd door mijn begeerte. Het is duidelijk,
ik ben niet tot liefde in staat.

35

De Democratische Republiek Congo is een publiek-privaat inningskantoor. De privépartner is de regering, die ook de publieke partner is. Het gewone volk smokkelt sigaretten en kauwgum, tandpasta en papieren zakdoekjes. De politieman smokkelt ook en bekeurt daarnaast bij een verkeersopstopping een slachtoffer naar keuze die zijn gordel niet draagt. De vertegenwoordiger van de mijnen laat niemand de geologische kaarten inzien zonder om een week voedsel te vragen als hij eerlijk is en om een huis als hij uit armoede op proactieve corruptie is overgestapt. De liftboy mompelt dat hij je wel kan introduceren. De secretaris van de kabinetschef zal zeker komen dineren als je hem uitnodigt; zijn baas vraagt om een aandeel in je onderneming. Want dat is de moeilijkheid: ik ga me in Bunia vestigen, maar ik weet nog niet of ik me op de goud- of diamanthandel of de horeca zal storten, of dat ik van mijn spaargeld ga leven. Slechts één ding is zeker, maar dat kan ik niet zeggen: ik wil Kabanga observeren, ik wil zien wat de gevolgen van zijn vrijlating zijn voor de stad en de regio. Joseph heeft me verteld over de mysterieuze verdwijning van getuigen en slachtoffers. Ik ben een soort spion voor mijn persoonlijke rechtspraak, en ik besef dat een spion een dekmantel moet hebben. De minister van Justitie, met wie ik vanuit Den Haag per telefoon en e-mail contact heb gehad en die achter Kabanga's arrestatie zat, zal me helpen om me in Bunia te vestigen. En mocht ik daarna rijk worden in de diamanten, het goud of iets anders, dan spreken we elkaar wel weer, zegt hij. Hij glimlacht er zelfgenoegzaam bij, overtuigd dat ik me uitstekend bewust ben van het zwaard van Damocles dat hij boven mijn hoofd heeft gehangen. Hij zal op me wachten en ik zal hem niet ontglippen. Hij stelt een briefje op voor de minister van Binnenlandse Zaken. Ik krijg een verblijfsvergunning voor een jaar en zowel de politie als het lokale gezag in Bunia moet me met rust laten. Om alles goed te doen, beter dan tijdens mijn missie in Ivoorkust, nodig ik hem en zijn vrouw uit om in het Memling te komen dineren. Hij kijkt in zijn agenda en... wat een verrassing! Hij is vanavond beschikbaar, en dat gebeurt niet vaak!

Een heel formeel diner, niet aan de rand van het zwembad, waar ik gereserveerd had, maar in de eetzaal. Sinds wanneer je champagne drinkt bij slakken en kalfsschenkel zou ik niet kunnen zeggen, maar daarmee proppen de minister en zijn vrouw zich vol. Daarna een fles oude armagnac. Myriam valt in slaap bij de praatjes van mevrouw die alleen over stofjes gaan, vooral stofjes van Dior; bij officiële gelegenheden, zoals vanavond, draagt ze een boubou, maar over het algemeen kleedt ze zich in Parijs. Zonder dat iemand het hoort zegt Myriam: 'Ik kleed me meestal thuis.'

36

'Wat gaan we doen in Bunia?' vraagt Myriam.

'Ik weet het niet, Myriam. Ik weet het niet. We gaan kijken, en dan zal ik beslissen.'

'En wat moet ik in Bunia terwijl jij kijkt en beslist?'

'Jij gaat me helpen.'

37

Myriam heeft zich ontfermd over onze kamer in het Memling. Ze heeft bloemen gekocht en een vaas om ze in te zetten. Ze heeft twee naïeve schilderijtjes gekocht die de 'schilders' bij de hotelpoort proberen te slijten. Een parodie op de avonturen van Kuifje in Afrika, *De avonturen van Claude in Afrika*, en een onhandige maar ontroerende baobab die een armoedig kind tegen een moordende rode zon beschermt. Op het bed liggen linnen tropenkleren uitgespreid en een paar katoenen overhemden van buitengewone kwaliteit.

'Pas dit eens.'

Ik wil niet. Ik heb me nooit druk gemaakt over kleding. Een spijkerbroek en een paar gekreukte overhemden, meer heb ik niet nodig. En ik kijk niet graag naar mezelf, ik hou niet van mijn lichaam. 'Toe nou.' Ik aarzel, ik vind dit een belachelijke verkleedpartij. Ik trek een ecru broek aan van een stof die mijn benen streelt en een ruimvallend okerkleurig overhemd dat aanvoelt als een delicate sluier tegen mijn torso. Licht. Zacht. Ik kijk in de spiegel. Zo lelijk ben ik niet, haast elegant zelfs, en die elegantie maakt me blij. Myriam geeft me een ander beeld van mezelf, misschien is dit zoals zij me ziet. Ik bedenk dat ik me altijd zo had moeten kleden. Ze lacht. Ik glimlach omdat ik slecht met woorden overweg kan. 'Zie je wel hoe makkelijk het is.' En op dat moment besef ik dat ik van haar hou, niet omdat ik blij ben dat ik er goed uitzie, maar omdat ik blij ben dat iemand me begrijpt, dat ik in zekere zin gestalte heb gekregen. Als ze nu zou sterven of bij me weg zou gaan, dan bleef ik me altijd zo kleden, want deze kleren staan me goed, maken me minder lelijk.

De telefoon gaat. Het is Joseph en het is dringend. Hij is opgewonden, ongerust. Ik tref hem in de lobby. Hij neemt me mee naar buiten waar we worden belaagd door verkopers van Kuifje-schilderijen, Marlboro's, lucifers en simkaarten. Het is benauwd weer, je voelt het naderend onweer dat iedereen naar geïmproviseerde schuilplaatsen zal jagen. Onder het lopen hebben we continu een man of zes, zeven om ons heen. Joseph haalt een pistool tevoorschijn en schiet in de lucht. Ik schrik erger dan de verkopers, die aan schoten gewend zijn en zich zwijgend terugtrekken.

'Je bent gewapend!'

'Dat zou jij ook moeten zijn,' antwoordt hij alsof ik een enorme stomkop ben. 'De vader en moeder van Josué, een van de kindsoldaten, zijn ontvoerd door de mannen van Kabanga. Hij houdt ze vast in Bunia. Hij laat ze pas gaan als de kleine zich overgeeft.'

'En waar is de "kleine"?'

'Hier in Kinshasa.'

'Kun je hem vinden?'

'Ik denk het wel.'

Ik wil terug naar Myriam, dicht bij haar zijn, een kwartier terug in de tijd reizen naar het exacte moment waarop ik zo blij was dat ik een sculptuur onder haar handen was.

Ze is diep in slaap, haar ademhaling is vredig en zwaar.

Haar armen omklemmen een kussen alsof het een kind is. Ik ga tegen haar aan liggen, zoen haar in haar nek. Ze kreunt, ze zegt: 'Ik slaap.' Dat had ik al begrepen. 'Ik hou van je,' antwoord ik. Ik heb het gezegd en ze heeft me gehoord. Nu kan ik me op mijn werk richten. Misschien heb ik gelogen, want ik droom altijd al van die woorden.

38

Met geld kun je hier alles voor elkaar krijgen. Door de geur van geld verdwijnen principes, worden grenzen opgeheven en kunnen wetten veranderen. En wat voor de blanke een klein bedrag is, is een fortuin voor de zwarte. In de loop van de geschiedenis heeft de blanke dat uitstekend begrepen, en ook nu nog profiteert hij van die onbalans, soms zelfs zonder het te beseffen. En soms kan het zeker nuttig zijn.

De zon spat de kamer in, Myriam zet koffie. Joseph belt. Hij heeft Josué gevonden. Die zit bij hem thuis. Ik douch en ga op pad, zonder koffie te drinken. Ze kust me. Het heeft er alle schijn van dat ze mijn liefdesverklaring heeft gehoord. Ik ben blij en opgewonden, maar ik heb weinig geslapen omdat ik een analyse heb gemaakt. Ik heb de argumenten voor en tegen afgewogen en ben tot de slotsom gekomen dat ze klopt. In dit land heeft geld een aangenamere geur dan wraak. Kabanga weet dat hij door tientallen getuigen beschuldigd is; eentje meer of minder maakt hem niet uit, en als hij er op een of andere manier profijt van kan trekken zal hij dat doen. Ik ken hem. En god, wat veracht ik hem! Hij wordt niet gedreven door idealen, hij heeft geen enkel politiek doel. Hij zal vast een losgeld accepteren voor de ouders van Josué. En ik zal het betalen.

Ik ben nerveus vanwege de ontmoeting. Josué is geen kind meer, hij is negentien. Maar ik weet dat hij geen kindertijd heeft gehad. Ik heb een erg kinderlijke kindertijd gehad, Josué juist een heel volwassene. Op zijn dertiende was hij al aan het moorden. Op die leeftijd kwam ik dankzij de televisie stomverbaasd achter het bestaan van de dood, die ik daarna in encyclopedieën en woordenboeken bestudeerde. Hij kent de rotte geur van de dood, het gestolde bloed op het sportbroekje van het slachtoffer (want als je een machete in je keel krijgt, dan pis je bloed), de doodsreutel, de verdwaalde blik van iemand die voelt dat de dood zich meester van hem maakt. Over die dingen weet ik niks. De dood ken ik alleen van foto's en plaatjes. Net als over Bunia weet ik er alles over, maar ken ik er niets van.

Josué ijsbeert door de kamer. Hij is al bijna een knappe man. Dat zal hij zeker worden. Hij praat weinig over zijn verdriet. Zodra hij iets bedreigends opmerkt, verstijft hij. Je voelt dat hij klaar voor de aanval is. Hij vertelt over zijn rapgroep, hij zingt de woorden haast. Hij zou zijn demo maar wat graag terugvinden om ons te bewijzen dat hij wel degelijk talent heeft. Daar is hij namelijk van overtuigd. Zo zelfverzekerd en tegelijk zo kwetsbaar. Zelfverzekerder dan ik. Josué is een geboren leider. Ik heb alles over hem gelezen, dus ik weet dat hij op zijn zesde ruziemaakt met zijn ouders omdat hij naar school wil. Hij weigert even arm te worden als zij. Op school is hij de beste van de klas. Hij blinkt uit in voetbal, en rond zijn tiende begint hij een rapgroepje dat inspiratie put uit de zouk. Op zijn twaalfde is hij nog altijd de beste van de klas en daarnaast de beste doelman van het team, en neemt hij een bandje op dat hij op de markt verkoopt. Hij heeft een opmerkelijk organisatietalent. Een paar weken voordat hij door Kabanga werd gekidnapt was zijn rapgroepje begonnen met optreden in de cafés en restaurants van Bunia. Hij was dertien!

'Josué, we zullen je ouders terugvinden en we gaan jou beschermen. Ik weet wat je hebt meegemaakt, ik heb je getuigenverklaring gelezen, net als die van de andere kindsoldaten van Kabanga.'

'Ik ben niet alle kindsoldaten, ik ben Josué en u weet niks over mijn nachtmerries. Kent u het zweet dat je van nachtmerries krijgt? Het stinkt, het ruikt naar rottende lijken in een moeras. Als ik wakker word, stink ik naar lijken. Ik ben een lijk.'

'We zullen je verzorgen, Josué.'

'Ik ben niet ziek, meneer, ik ben betoverd. Er woont een boze geest in me.'

Dit gesprek gaat nergens naartoe.

Ik leg hem mijn plan voor om zijn ouders te bevrijden. Het is niet echt een plan, eerder een theorie, een concept, zoals altijd. Ik construeer een werkelijkheid op basis van de data, en dan hoop ik maar dat die werkelijkheid overeenkomt met de echte.

Hij ziet op tegen het weerzien met zijn ouders. 'Hou je van je ouders?' Hij versteent, kijkt me aan alsof ik hem beledig.

Ja, nu zie ik in dat dat geen vraag is die je aan een kind stelt, ook niet als dat kind al bijna twintig is en sinds de oorlog zes jaar geleden begon als een volwassene heeft geleefd. Een kind kan hier niet zeggen dat hij niet van zijn ouders houdt.

'Jij weet alles, maar je begrijpt niks. Je praat tegen me

alsof ik een kind ben. Bekijk dat kind dan maar eens goed.'

Hij doet zijn Lakers-T-shirt uit, trekt zijn te grote joggingbroek omlaag en laat zijn slip op de vloer vallen.

'Kijk, die bal hebben ze op mijn veertiende afgehakt toen ik weigerde een meisje te verkrachten dat ik kende. "Je bent impotent," had de chef gezegd. "Dan heb je ook geen twee ballen nodig." Kijk, dit litteken op mijn arm is een houw van een machete, dat kleine zwarte puntje bij mijn schouder een verdwaalde kogel, en ik zal je maar niet vertellen wat de chefs met mijn achterwerk deden om zich te vermaken als ze dronken waren. Weet jij hoeveel pijn het doet als er een brandende sigaar in je reet wordt gestoken? Kabanga was gek op Cubaanse sigaren.'

Kalm kleedt hij zich weer aan en hij gaat zitten op de goudkleurige divan met ongelijke kussens. Hij kijkt me aan en wacht. Hij heeft de blik van een mangoest; misschien ben ik de slang.

'Wil je dat we je naar een dokter brengen?'

'Mijn wonden zijn al genezen. Weet je wat voor wonden je in je hoofd kunt hebben? Jij slaapt gewoon. Zie jij bebloede gezichten in je slaap, vrouwenkonten die uit elkaar spatten door een stoot met een knots, hoor jij in je slaap het gereutel van dieren in doodsnood, zie je als je je omdraait dat hun buik is opengereten en dat ze de gezichten hebben van de mensen die je op de markt hebt gezien? Wat zie jij als je slaapt? Daar wil ik naar terug; ik wil weer dertien zijn, ook al ben ik negentien. Kun jij dat voor me regelen? Dat ik opnieuw kan beginnen?'

Ik weet dat ik dat niet kan. Alle studies die ik heb gelezen zijn het erover eens dat vrijwel alle voormalige kindsoldaten definitief ongeschikt zijn voor het normale leven, dat ze niet in staat zijn om het contact met hun kindertijd te herstellen, dat ze in een soort niemandsland door het leven gaan, geen kind en geen volwassene. Hun verleden is hen afgenomen, hun toekomst is verboden gebied.

'Als je nou met mijn vrouw en mij mee naar Bunia gaat, dan kunnen we je misschien helpen, zorgen dat er een klein beetje recht geschiedt.'

Ik besef dat ik met die opmerking zonder meer de verantwoordelijkheid op me neem voor een kind van negentien. Een kind dat een marginale figuur zal worden, of erger nog: dat weer het moordende kind zal worden dat hij was, omdat geweld het enige is wat hij kent. Ik stel voor om de adoptiefvader te worden van een mogelijke psychopaat.

Josué stemt toe. Ik zal hem beschermen en zijn ouders bevrijden. Hij weet niet of zijn ouders hem wel willen zien, want ze schamen zich voor hem, maar hij stemt toe.

39

Terug in het hotel luistert Myriam aandachtig naar mijn uitleg en naar het plan dat we voor Josué hebben gesmeed. Ze glimlacht, terwijl ik praat en nadenk.

'Vind je hem aardig? Heeft hij je geraakt? Heb je hem gevraagd wat hij wil worden? Wil je hem adopteren?'

'Myriam, we gaan proberen de ouders van een kindsoldaat vrij te krijgen, we beginnen geen adoptiebureau!'

Ze gaat rechtop in bed zitten, en met haar blik van diamant zou ze glas kunnen snijden. 'Wat kom je hier doen?' Ik ontwijk haar glanzende blik, wend mijn ogen van haar naakte lichaam af. Emotie is een slechte raadgever, dat wordt al eeuwenlang gezegd. Ik ga liggen en doe of ik niets merk van haar ranke lichaam naast het mijne, van haar been dat ze tussen mijn benen in vlijt, van haar arm die ze op mijn schouder legt.

Hoe moet ik Josués ouders ooit vrij krijgen? In de eerste vlaag van boosheid en schaamte over het Hof, dat de rechtvaardigheid uit naam van het recht aan de kant zette, was ik op het idee gekomen om naar Bunia te gaan wonen als een soort spion van het recht – het ware recht – en dat ik de tragische gevolgen van Kabanga's vrijlating zou vastleggen. Dat ik een rapport zou samenstellen zoals toen ik nog als analist werkte, dat ik de ngo's en mijn oud-collega's bij het Hof zou waarschuwen en dat mijn rapport al diegenen die verzot waren op procedures en ideaalbeelden van het recht het schaamrood op de kaken zou jagen. Nu is het tijd voor actie, nu moet ik plannen maken. Ik ben geen man van daden. Dat heb ik tijdens mijn kortstondige militante jeugdavontuur wel ontdekt. Zodra ik te maken krijg met het leven, met concrete zaken, sta ik machteloos, verlies ik al mijn analytische vermogen, verander ik weer in de emotionele puber die ik niet wil zijn. Ik moet me beschermen tegen alle emoties. En Myriam is een emotie. Tegelijkertijd voel ik dat mijn lichaam en misschien ook andere zwakke plekken of afgronden die ik altijd al heb onderdrukt, naar haar toe worden getrokken door draden die ik niet kan duiden. Ik voel ze, ze kleven als spinrag aan mijn huid. Voorzichtig probeer ik me van haar warmte los te maken. Ze ligt dicht tegen me aan.

Morgen komt Josué ons in het hotel opzoeken, dan zullen we ons verblijf in Bunia voorbereiden. Myriam blaast zachtjes in mijn nek. Als we nu gaan vrijen, zouden we een verbond sluiten dat zogoed als definitief is. Ik wil nadenken, vluchten voor het leven en de bijbehorende emoties. Pas als mijn werk is gedaan, werk waarvan ik nog niet weet waaruit het bestaat, kan ik het me veroorloven om het mistige, mysterieuze moerasland van het onberedeneerbare te verkennen. Eerder niet.

40

1. Na Josué de anderen vinden die hebben getuigd of zouden getuigen en niet meer onder de bescherming van
het Hof vallen.
2. Ze verzamelen en een nieuwe manier bedenken om ze
te beschermen. Welke?
3. Voor de kinderen betekent dit dat een terugkeer naar
hun familie is uitgesloten. Maar kindsoldaten worden
gewoonlijk toch door hun ouders verstoten. Hoe pakken we het aan zonder de ouders?
4. In Bunia gaan wonen, er een positie verwerven, een
winkeltje kopen misschien, bondgenoten vinden. Niet
eenvoudig.
5. Wie is de baas in de stad? Kabanga of de Libanezen
van de goud- en diamanthandelskantoren? De Libanese maffia? Zijn de Oegandezen er nog? En de Rwandezen?
6. 'Afrikaans' worden.

Bij 7 leg ik mijn pen neer; ik bekijk mezelf in de spiegel en
constateer dat de man naar wie ik kijk niet weet waar hij
naartoe gaat.

41

Ochtend in Kinshasa. Om negen uur hebben de straatventertjes al honger. Ze zijn om vijf uur opgestaan. Ze hebben een paar kilometer gelopen met hun schamele handelswaar op het hoofd. Ze hebben een lege maag en verwilderde blikken. Ze wachten ongeduldig op de ambtenaren en de medewerkers van de VN en de ngo's die een pakje Marlboro zullen kopen, zodat ze zelf pasteitjes kunnen kopen en hun knorrende lege maag, die met het blote oor hoorbaar is, tot bedaren kunnen brengen. Ik bewonder hun volharding. Zoveel honger, zoveel armoede, zo weinig woede, zo weinig jaloezie in hun blik. Ik koop sigaretten hoewel ik niet rook, Dentyne Ice hoewel ik niet van kauwgum hou. Ik drink een vruchtensapje: hopelijk raak ik niet aan de schijterij. Ik geef geen geld aan bedelaars, ik geef aan handelaren. Ik speel het spel van loon naar werken. Ik laat het wisselgeld niet zitten. Ik betaal een eerlijke prijs, de blanke prijs, welteverstaan. Maar de prijs is meer dan redelijk. Het lijkt of hier meer claxons zijn dan in Montréal of Parijs en evenveel verkeerslichten, al werken ze niet. Hier heerst een soort moderniteit op sokken, een imitatie van de westerse samenleving met al zijn rijkdom. Voor de rest zitten we in een vrolijk oerwoud, een stadsjungle. Tot mijn stomme verbazing put ik voldoening uit deze eeuwige drukte, uit het luide geschreeuw en gelach.

Hoe moet ik verklaren dat dit chaotische leven me blij maakt, terwijl ik doodsbang word van de minieme trillingen die Myriams aanwezigheid in mijn lichaam en geest teweegbrengt? Kennelijk hou ik meer van chaos buiten mezelf dan in mezelf. Dat is een contradictie die ik zal moeten oplossen, want mijn antwoord overtuigt me niet. Dat komt later. Eerst moet ik Josué spreken.

42

Myriam is dol op Josué en dat is wederzijds. 'Ik heb altijd al een kind gewild, maar ik vertrouwde de vaders niet.' Hij kijkt naar het water dat in de badkuip loopt, speelt met de kranen, zet per ongeluk de douche aan, schrikt als een kat van de waterstraal; hij vraagt waar een bidet voor dient. Nu is hij geen negentien meer, nu is hij zeven en ontdekt een badkuip en een douche. Ook als hij zich door Myriam laat inzepen is hij zes of zeven. Maar ondanks zijn verlegen glimlach als hij de badkamer uit komt is zijn blik ouder dan de mijne, alsof dit kind ouder is dan ik.

Nu ligt Josué in de kamer naast de onze te slapen. Myriam doet volgens mij alsof ze slaapt.

De deur gaat open en Josué zegt: 'Ik ben bang, er zijn spoken, ik wil niet alleen slapen. Ik ben bang.' En hij rilt, hij zweet, hij is doodsbang, kijkt met uitpuilende ogen naar het plafond, de muren, alles wat in monsters of geesten zou kunnen veranderen. 'Kom maar bij me liggen.' Myriams stem heeft de toon van een vertederde moeder. Josué gaat bij haar liggen, een beetje verlegen. Ze houdt hem vast als het kind dat hij nu is. Morgen zal hij een moord plegen, dat weet ik. Ik ga op de bank slapen. En Myriam slaapt met Josué, die ook een man is.

43

Van hoog in de lucht zie ik Bunia, ik word verblind door
het licht dat weerkaatst van de blauwe stof van de tenten
van vluchtelingen en ontheemden waarmee de heuvels bezaaid zijn. De kuchende Tupolev scheerde rakelings over
Bunia. De piloot kraakt 'Welcome to Bunia' met zijn
Zuid-Afrikaanse accent. Bunia is niet meer dan een
hoofdstraat omringd door een spinnenweb van straten
die tot in het oneindige zijn uitgesponnen. Josué wijst een
heuvel aan. Daar woont hij. Geen hut, geen huis, alleen
ontelbaar veel blauwe doeken. Myriam zegt: 'Wat leuk,
die heuvels om de stad.' Ik had me vergist, er is geen vliegveld in Bunia. Het is een lemen strook omringd door pre-
fabgebouwen en witmetalen containers voorzien van de
letters MONUC en het blauwe logo van de VN. Bij de landing knijpt Josué, die doodsangsten uitstaat over het ge-
kraak van het vliegtuig, mijn arm bijna fijn. Het is een
keiharde landing. Josué zet zijn nagels in mijn arm en
draait zich naar me toe alsof het vliegtuig in stukken valt
en ik zijn laatste redmiddel ben, de enige die hem hier le-
vend uit krijgt. De doodsangst in zijn ogen, de overgave in
de manier waarop hij zijn hoofd op mijn schouder drukt
en zijn lichaam tegen me aan perst. Aarzelend leg ik mijn
hand in de zijne; hij knijpt hem fijn alsof het een redding-
boei is. Dan draai ik me naar hem toe en kijk hem recht in

de ogen: 'Niet bang zijn, ik ben bij je,' en neem hem in mijn armen. Zijn lichaam is warm en stinkt naar angstzweet, hij onderdrukt zijn tranen als het vliegtuig afremt op de landingsbaan vol bulten en gaten en dan steeds minder hobbelig doorrolt, totdat het lijkt of we een doodgewone autorit maken over een Afrikaanse weg zoals Josué ze kent. Hij haalt zijn nagels uit mijn vlees, maar blijft me stevig vasthouden. Hij komt weer op adem, ontspant en kijkt op. 'Nou ben ik nooit meer bang in een vliegtuig.'

44

Joseph, die met ons meereist naar Bunia, heeft alles geregeld. Er staat een Cherokee op ons te wachten. En een
paar ambtenaren die hun hulp aanbieden om de zaken
soepeler te laten lopen. Joseph is het schoolvoorbeeld van
een eerlijke Congolees. Hij onderschrijft alle beginselen
van rechtvaardigheid, democratie en eerlijkheid, maar
maakt zich vooral druk om de materiële invulling van zijn
dagelijks leven. Hij vraagt me wat Amerikaanse dollars
om uit te kunnen delen. Josué is nerveus, Myriam is
prachtig. De hoofdstraat van Bunia ontrolt zich als een
filmdecor. Een oude western, winkeltjes als saloons, gevels met onderaan blauwe banen en frontons op het dak-
werk waarachter zich scherpschutters kunnen verschuilen, net als in films of stripboeken. Hotel Bunia is
gevestigd tegenover een handelskantoortje: 'Hier koopt
men diamanten.' Een ijzeren hekwerk, gewapende kleer-
kasten. Hier geldt het recht van de wapens en van alles
wat verhandelbaar is: het recht van de rechteloosheid.
Heel veel blanken in de lobby, voornamelijk Libanezen
die van hun thee nippen terwijl ze met amberen rozen-
kransjes spelen. Aan de bar zitten een paar meisjes cola te
drinken en hun verveling tentoon te spreiden. Josué komt
steeds weer bij me terug, pakt iedere keer mijn arm. 'Die
daar, die ken ik.' Hij duwt me naar de muur terwijl hij

met een verlegen vinger op een slecht geschoren, pafferige Libanees wijst. 'Tegen het einde van de gevechten regelde hij de zaken met de Rwandezen, en Kabanga verkocht al zijn diamanten en goud aan hem.'

Josué wil bij ons slapen. Onder het praten pakt hij af en toe mijn hand vast, en daar kan ik niet goed tegen.

Kamers met een tussendeur bestaan hier niet, maar er is een suite met drie bedden, muren vol barsten, uit het lood hangende ramen, een kapotte douche, lieve groene hagedisjes, een gloeilamp die meer flikkert dan verlicht, foto's van gorilla's aan de muur en een airco die hijgt als een uitgeput trekpaard. Ik had me niet vergist: om de een of andere onbegrijpelijke reden is het menu van het hotelrestaurant Aziatisch georiënteerd, en ze hebben er inderdaad Vietnamese kaas. Het voelt als een geruststelling: ik had niet alles fout. De eigenaar is bij ons komen zitten met een fles Côtes du Rhône die tien jaar op een plank warm heeft staan worden. Ja, ik ben hier voor zaken, zoals ze dat noemen. Sayed is een Koerd. Hij heeft de snor van een strijder en de ogen van een kat.

Josué fluistert in mijn oor dat hij op zoek gaat naar andere getuigen en dat hij me laat weten hoe het met ze gaat. Hij gaat weg. Ik vraag niet naar Kabanga, ik wacht. Sayed praat over zaken. Hij is op zoek naar een zakenpartner, vertelt over de goedkope import uit Vietnam, noemt de percentages die hij van de meisjes vangt – de beste meisjes van de stad. Josué komt maar niet terug, ik begin me zorgen te maken. Myriam draagt haar sluier, maar de wijn slaat ze niet af. Ze komt overeind en begint te dansen op een liedje van Céline Dion op de radio. 'Je hebt me nog nooit zien dansen.'

Ik voel me verantwoordelijk voor Josué, niet als vader

maar als toeziend voogd. Misschien heb ik mijn plicht verzaakt. Erger is dat ik nog niet weet wat ik morgen ga doen. Het is een onverdraaglijk gevoel. Alsof het leven tussen mijn vingers door glipt. Bij mij is alles altijd gepland en geregeld, en ja, ik kan de dansende Myriam wel degelijk waarderen, maar toch doe ik mijn ogen dicht. Ik ga naar mijn kamer met het excuus dat ik een paar telefoontjes moet plegen. Op mijn notitieboekje ligt een hagedis te slapen. Ik ga op bed liggen zonder de lamp uit te doen die flikkert alsof hij permanent de hik heeft. Myriam komt tipsy boven en zegt dat ze wil vrijen. Ik duw haar weg, leg haar koel uit dat ik me zorgen maak over Josué die nog niet terug is. Ze legt uit dat we juist kunnen vrijen omdat hij er nog niet is. Ik hou niet van haar, vanavond niet in ieder geval, want haar affectie leidt me af. Ik denk aan Josué en aan alles wat ik morgen moet doen.

Verward val ik drie uur later in slaap bij mijn notitieboekje en de hagedis die me vragend lijkt aan te kijken. Voordat ik in slaap val, vraag ik me af of het steeds dezelfde hagedis is die het bureau als verblijfplaats heeft gekozen. Mijn programma voor morgen is eenvoudig: opstaan, douchen, eten en dan wachten tot Josué terugkomt, tot me een idee te binnen schiet of tot er iets gebeurt. Myriam snurkt zachtjes. Het stoort me.

45

Geen warm water vanochtend. Terwijl ik een enorme koukleum ben. Ook geen eieren. Die zijn ze vergeten te bezorgen. De eigenaar verontschuldigt zich. Hij biedt me Vietnamese kaas en Primus aan – warm, want de koelkast is tegelijk met de generator uitgevallen. Hij kan ook koude Nescafé voor me maken als ik geen bier wil. 'Van het huis.' Myriam vindt het allemaal wel grappig; die heeft wel erger meegemaakt. Ik sta versteld hoe erg ze me op de zenuwen werkt. Het is duidelijk dat ik nog niet klaar ben om Afrikaan te worden. Nog geen nieuws over Josué. Met mijn koude Nescafé keer ik terug naar mijn kamer. De hagedis zit op het tafeltje te wachten en lijkt me uit te lachen. In dit warrige universum ben ik een op drift geraakte, verdwaalde schuit, opgetild en ondersteboven gekeerd door krachtige vloedgolven. En gestrand in Bunia.

Ik wil naar huis. Wat een absurde gedachte! Thuis is voor mij niets anders dan een plaats waar ik onderweg halt hou. Ik wacht tot de eigenaar me komt vertellen dat het eten klaar is, en denk ondertussen over 'thuis'. Thuis zou een kamer kunnen zijn waar een schilderij hangt dat je mooi vindt, een bibliotheek waar de wanden bedekt zijn met al je lievelingszinnen, een huis met kinderen, een wijk met buren en winkeliers die soms wat te veel worden, een stad met onbekenden van wie je de gewoontes kent, maar ook een paar vrienden van wie je zowel om hun gebreken als om hun goede kanten houdt. Thuis kan een park zijn, een stoep, een vrouw, een bos. Ja, een vrouw als een donker bos waar je voorzichtig je weg in zoekt, en ik besef dat die vrouw niet Myriam is, want haar heb ik uitgekozen zoals je een vakantiebestemming kiest – met koude rillingen en met emoties, dat wel, maar niet voor altijd maar voor tijdelijk, als een hotelkamer of een autoweg. Ik zal altijd ergens anders zijn. We zien wel. Ik heb geen keus. Ik maak me zorgen over Josué.

46

Vandaag kunnen we noedels en kip krijgen. De generator doet het weer. Het bier is lauw. Myriam is stofjes gaan kopen. De pafferige Libanees zweet overvloedig, en als hij onaangekondigd aan mijn tafel komt zitten moet ik een opkomende misselijkheid onderdrukken. 'Karim,' zegt hij en hij steekt me een klamme hand toe. 'Claude,' zeg ik.

'Dus u bent zomaar naar Bunia gekomen. Voor zaken.'

'Ja, ik ben me aan het oriënteren.'

'Misschien kan ik u helpen. Zelf zit ik vooral in de diamanten, maar er zitten mogelijkheden aan te komen in het goud en het coltan. We zijn op zoek naar medestanders en wat geld.'

'We?'

'Een groep vrienden, de notabelen van dit gebied, politici die de plaatselijke economie nieuw leven willen inblazen.'

'Ik weet niks over Ituri. Over wie hebt u het, wat voor groepen bedoelt u?'

'Dat, meneer Claude, zal ik u vertellen als de tijd er rijp voor is.'

Ik weet wie hij bedoelt. Joseph heeft me de laatste rapporten van de MONUC gegeven. Sinds zijn terugkeer houdt Kabanga zich koest, maar de Hema-kooplieden die het economisch leven in de stad sinds mensenheugenis beheersen, komen bijeen in zijn villa. Het is de groep die in 2002 de macht greep, de goudmijnen plunderde, diamanten smokkelde en de handel in coltan beheerste.

'Meneer, meneer.'

Een jongetje met rossig kroeshaar trekt aan mijn mouw. Hij is een jaar of tien en kijkt me aan met ogen die even zwart zijn als zijn huid. Hij vraagt of hij wat kip mag, alstublieft meneer. Ik bestel kip en noedels voor hem en hij eet alles in één keer op. Hij geeft me een papiertje en ik lees: 'Dag baas, vergeet me ouders. Ze moete me niet. Ze zijn niet ontvoerd. Ze wouwen geld. Ik heb Marie, Aristide en Béatrice en andere kintsoldate gevonde en we hebbe een paar gewere. We gaan weer oefene om regt te doen. Je zal trots op ons zijn. We willen regt, net als jij. Als we klaar zijn stuur ik weer bericht.'

Benjamin, zoals de kleine heet, zegt met zijn mond vol noedels dat ik hem een antwoord moet meegeven. Ondanks de drukkende hitte ben ik stijf bevroren. Ik ril. Bij het schrijven struikel ik voor het eerst van mijn leven over de letters, alsof het een hindernisbaan is geworden, de honderdtien meter horden.

'Josué, recht is niet hetzelfde als wraak. Recht is wat juist en bewezen is (wat een onzin schrijf ik op, hier begrijpt hij niks van). Denk eerst eens goed en rustig na. Een moord op een moordenaar is niet rechtvaardig (ik weet dat hij dat ook niet zal begrijpen). Doe niks voor we elkaar weer gesproken hebben. Recht moet rechtvaardig zijn.'

Maar juist omdat het dat niet is, ben ik hier.

'Waar is Josué?'

'Ik ken geen Josué.'

184

Benjamin vraagt om een biertje voor hij weggaat. Ik bestel er een voor hem.

Myriam keert teleurgesteld terug; op de markt is weinig te krijgen.

Ze wordt niet zo diep geraakt als ik door de brief van Josué. Ze is er niet overstuur van.

'Is Kabanga schuldig?'

'Volgens alle bewijzen die we hebben wel.'

'Wat is je probleem dan?'

'Mijn probleem is iets wat hier geen probleem is, dat weet ik heel goed. Josué en de anderen voelen in hun botten, in hun ziel dat Kabanga schuldig is. Maar wraak, hoe gerechtvaardigd ook, is geen recht. Recht heeft regels.'

'Claude, we zijn juist bij het Hof weggegaan omdat die regels de rechtvaardigheid in de weg stonden.'

Sinds mijn vertrek uit Den Haag heb ik me vaak afgevraagd hoe ik zou reageren als ik tegenover Kabanga zou staan. Dat is niet zo vreemd. Die man is mijn persoonlijke vijand. Drie jaar van mijn leven heb ik zijn misdaden en wreedheden verzameld, beschreven en uitgelegd. Je zou kunnen zeggen dat ik een rationele en goed onderbouwde haat voor hem koester.

En nu komt hij het restaurant binnen. Hij ziet er net zo normaal uit als ik, hij is even imposant en knap als op de foto, en gaat gekleed in een ecru linnen jasje. Omdat hij pastoor is geworden loopt hij met een kruis te pronken dat even groot is als dat op de kazuifel van de paus. Ik voel alleen nieuwsgierigheid. Ben ik dan echt niet tot emoties in staat? Deze man, op wie ik al drie jaar jaag, schudt links en rechts handen als een verkiezingskandidaat. Elegant en waardig. Hij wordt eerbiedig verwelkomd.

Hij stelt zich voor: 'Thomas Kabanga, pastoor van de evangelische kerk van Bunia. Staat u mij toe?' Ik zeg niks. Hij gaat zitten en bestelt rijst met bonen. Zijn twee bodyguards gaan aan een tafeltje naast het onze zitten. Want meneer pastoor heeft lijfwachten. We eten in stilte en ik vraag me af in wat voor wereld ik uit vrije wil verzeild ben geraakt: ik zit te lunchen met Kabanga.

'Van vrienden heb ik gehoord dat u Canadees bent. Een mooi, groot land. Die vrienden hebben me ook verteld dat u hier in Bunia op zoek bent naar investeringsmogelijkheden. Dat is verrassend. De enige Canadezen die zich hier wagen zijn de olie- en mijnbouwbedrijven. Uw vrouw is prachtig.'

Myriam slaat haar ogen neer.

'Meneer de Canadees, ik ben de beschermheer en herder van Bunia. Ik verbreid het woord van God en ik bescherm de leden van de gemeenschap. In het verleden heb ik me weleens gedwongen gezien om hardhandig op te treden, maar ik geloof dat die tijd nu achter ons ligt. Zoals mijn vriend Karim al zei hebben we hulp nodig om dit gebied verder tot ontwikkeling te brengen. Wij zouden u graag tot onze bondgenoten rekenen. Welnu, als u ooit advies nodig hebt: ik sta tot uw beschikking.'

Hij staat op, maakt gehaast een nadrukkelijk gebaar dat op een zegening lijkt en steekt me zijn hand toe. Een aarzeling, dan schud ik hem.

47

Plouézec. Ik heb behoefte aan zijn springvloed en ochtendmist, aan een zon die zonder waarschuwing doorbreekt. Ik zou me er thuis kunnen voelen. Ik wil hier zo snel mogelijk weg. Ik heb zojuist mijn aartsvijand de hand geschud. Ze hebben hem natuurlijk al verteld wie ik ben, hij speelt een spelletje met me. Alles hier is lawaai en gedrang, doordringende geuren van transpiratie en bedrog, een concert van claxons, luid geroep, vloekende kleuren, tragikomedies, theater, uiterlijke schijn. Ik hou van deze kakofonie, deze chaos, ik zou erin willen passen maar dat is niet zo. Ik word tegengehouden door een onzichtbare draad die ik niet thuis kan brengen.

Waar je ook kijkt, de zee bestaat hier niet. Die lijkt hier net zo ver weg als de mij onbekende honing van het geluk. Hier klinkt alleen het lawaai en het gedender van de aarde, alleen menselijke geluiden bereiken me met hun wrede kakofonie. Ze trekken me aan en stoten me af. Een springvloed die de baai schoonwast en de kliffen doet afbrokkelen zou me enorm goed doen. Een beetje stilte, een beetje vrede. Maar nee. Nu valt Myriam me weer lastig over recht en rechtvaardigheid, over rechtsgevoel en wraak. Ik denk aan Josué en mijn andere kinderen. Op mijn linkerpols zijn de plekken nog zichtbaar die zijn angst er tijdens de landing in heeft gegrift. Mijn kinderen!

Ik denk al dat ik kinderen heb. Ik ken ze niet eens. Het zijn papieren kinderen, getuige-kinderen, een soort poppen haast. Ik geloof dat ik hun pijn begrijp, maar ik word door niets anders met ze verbonden dan door hun wonden die ik niet gezien heb en de duizenden bladzijden woorden die ik ze nooit heb horen zeggen. Als je leest over het leven, betekent dat nog niet dat je het begrijpt, dan redeneer en fantaseer je erover, trek je er conclusies uit. De wereld kun je lezen, een mens niet. Ik ken ze niet, ik was niet bij hun eerste woordjes, hun gehuil, hun eerste stapjes en vooral hun eerste verwondingen. Ik wil ze best beschermen, maar of ik van ze kan houden? En stel dat ik helemaal niet van ze hou? Dat ze uiteindelijk allemaal Kabanga's in de dop zijn? Je hoeft niet van iemand te houden om hem te willen beschermen. Trouwens, hoe zou ik ze kunnen beschermen? Ik kan niets voor ze doen, ik werk niet meer voor het Hof, ik kan ze alleen begeleiden, een beetje geld geven, misschien wat goede raad. Ik herinner me een onderzoek van een Amerikaanse psycholoog: 'Het is onmogelijk om een kind ongestraft in een volwassene te veranderen. Als je een kind het gedrag van een volwassene oplegt, ontneem je hem zijn kinderlijke zekerheden. En als hij vervolgens foltert of moordt, doet hij dat vanuit de optiek en met de reflexen van een kind. In zijn volwassenheid droomt hij geen volwassen nachtmerries, maar die van een kind. Hij neemt zijn verkrachte kindertijd mee naar zijn volwassen leven. Zo ontstaat een volwassen kind, een schizofreen die lijdt onder het geweld dat hij heeft veroorzaakt, maar voor wie geweld de enige manier is waarop hij zich kan uitdrukken.' Mijn papieren kinderen zijn ziek. Ik moet nadenken. En in dit verloren oord doe ik wat iedere expat doet die wil nadenken of verge-

ten: ik drink, zonder het zelfs maar te beseffen, alsof drinken een automatisme is, een manier van ademhalen, een
geconditioneerde reflex.

48

Ik heb al tien dagen niets meer van Josué gehoord. Myriam gaat regelmatig op stap en vertelt me over de bijeenkomsten van de Vrouwenliga voor de Vrede. Karim dringt aan op zakendoen en stinkt nog even erg als eerst. Madeleine, een prostituee, komt weleens bij me zitten om te zeggen dat ze me graag mag en dat ze het gratis met me zou doen. De hagedis houdt me in de gaten. De blanken van de VN ontlopen me, waarom weet ik niet precies. Maar eigenlijk weet ik het wel. Ik kan er geen traan om laten. Alsof het in de orde der dingen ligt besloten, in de loop van mijn leven. Ik blijf altijd in de marge hangen, als een aantekening, een opmerking in de kantlijn van een door anderen geschreven bladzijde die me angst aanjaagt, want als ik een plek zou zoeken tussen de woorden die zich hebben volgezogen met bloed of emoties, dan zou ik geen lucht krijgen, verlamd raken. Ik kan me niet laten gaan of overgeven. Liever becommentarieer ik het leven, observeer ik. De hagedis gelooft er niets van. De Primus is warm, de noedels zijn koud, de Vietnamese kaas komt uit een andere eeuw. Ik zou er iets van voldoening in moeten zoeken, maar dat kan ik niet. Ik zou Sayed, de eigenaar, moeten voorstellen dat ik het restaurant ga leiden en het omvorm tot een Franse bistro. Als ik mijn best doe, kan ik heel aardig koken.

Sayed loopt langs. Ik nodig hem uit om te gaan zitten, schenk Primus voor hem in, vertel over mijn bistro-idee. Hij glimlacht. Ik had al begrepen dat de kaas Vietnamees is en de menukaart deels Aziatisch omdat hij een Vietnamese vrouw heeft. Dat een Koerd met een Vietnamese vrouw trouwt en een hotel begint in Bunia verraste me niet. Volksverhuizingen, verbanningen, conflicten. Als je alle opschudding in de wereld bestudeert, op een rij zet en verklaart, is dat normaal en begrijpelijk. Maar hoe verklaar je die ontmoeting van twee personen, de verbintenis die misschien wel uit dat leed is voorgekomen? 'Dat is de eerste keer dat je me een persoonlijke vraag stelt.' Sayed slaat zijn ogen neer, alsof hij zijn gedachten verzamelt; dan begint hij te stralen. Hij vertelt over een strand, over een ontmoeting op het strand. Geen strand dat op een springvloed lag te wachten, maar een Spaans strand op de Canarische Eilanden dat werd geteisterd door een storm die de trawlers en tonijnvloot liet kapseizen, evenals de bootjes vol illegalen die waren weggevlucht van alle conflicten in Azië en Afrika. Die nacht waren er meer dan tweehonderd schipbreukelingen, onder wie Sayed, die uit Koerdistan gevlucht was. Een jaar of vijftien daarvoor was een Vietnamees meisje van zeven door een Frans schip opgepikt, in een bootvluchtelingenkamp in Maleisië gedumpt en uiteindelijk als vluchteling door Spanje opgenomen. Uit dankbaarheid was ze later vrijwilligster en vervolgens medewerkster van het Rode Kruis geworden. Ze boden haar een post aan op de Canarische Eilanden met al hun stranden. Ze had van de zee gehouden totdat die haar niets dan lijken en ontheemden gaf. Op de avond van de orkaan was er maar één overlevende geweest. Sayed. Ze besloot zich over hem te ontfermen. Hij slaat zijn blik

neer, kijkt op en glimlacht weer. 'De rest kun je raden.'
Nee, dat kan ik niet. Natuurlijk kan ik er iets bij bedenken, een reconstructie maken, maar ik kan het niet horen, niet meebeleven. Ik wil weten hoe het verderging, de eerste kus, de eerste nacht, de rillingen, blikken, woorden en stiltes, het geritsel van de lakens, de kleur van de slaapkamermuren, het gezang van de vogels en het geroep van de straat, de schuchterheid of het lef. Ik wil alles over hun leven leren. Hoeveel levens heb ik nooit leren kennen omdat ik eenvoudige vragen vergat te stellen: wat, waar, wanneer in plaats van waarom? 'Vraag je me niet waarom we in Bunia zitten en niet in Barcelona? Ik zal het je vertellen, of je het vraagt of niet.' Maïko was de zee gaan haten. Ze had negentig dagen op een bootje gezeten, haar moeder was verslonden door een haai. Op de Canarische Eilanden zag ze niets dan leeggebloede lijken op de stroming drijven. Nooit meer zee, had ze gezegd, en Sayed ging akkoord. Ze hadden Afrika uitgekozen omdat ze bang waren voor het Westen, waar hun overtuigingen en gewoontes zo moeizaam geaccepteerd werden, en het centrum van Afrika om ver van ieder getij te zijn. 'We zijn hier in 2002 aangekomen. Twee dagen voordat de oorlog begon. We hebben het hotel gekocht – nee, Maïko heeft het gekocht, met tussenkomst van een neef die een Vietnamees restaurant drijft in Kinshasa. Kabanga heeft vreselijke dingen met de kinderen gedaan. Ik zal je erover vertellen, maar het moet wel onder ons blijven. Hij is nog steeds gevaarlijk.'

En hun eerste kus? Sayed begint te blozen. 'Dat was op het strand. Een kus op het voorhoofd. De tweede was in het ziekenhuis, op de wang. Over de derde praat ik niet.'

Op het terras van het Bellevue, boven de baai die volliep met zee en vrede en stilte, had ik besloten dat ik de wereld ging redden. Isabelle en Emma liepen glimlachend langs. Een glimlach is een woord. Maar ik gaf geen antwoord.

Ik loop over de avenue de la Libération, langs het Café de la Paix, dan langs de VN-post, naar de markt die armoedig en doorsnee is. Niets is er leuk, niets bewonderenswaardig. Stof, claxons, kinderen die simkaarten en namaak-Marlboro's verkopen. Piepkleine stukjes leven. Hoe moet ik uitleggen dat het me betovert en geruststelt, terwijl het land, de stad, de wereld me wanhopig maken? Toch maakt het één deel uit van het ander. Wat me aan het glimlachen maakt is geen op zichzelf staande molecuul, maar een kind dat me ontroert, dat naar me glimlacht in een stad die ik haat. Hoe kan ik mijn twee wereldvisies verzoenen, tederheid en verdriet, leugens en hartstocht, onschuld en wreedheid?

Ik ga terug naar het hotel en stel de vraag aan Sayed, niet dé vraag maar alle vragen.

'Als je dat nog niet hebt uitgedokterd, ben ik bang dat je het nooit zult snappen. Het antwoord is doodeenvoudig: je moet van iemand houden. Neem Maïko en mij. Ik begrijp haar obsessie met de zee vanwege de bootvluchtelingen en de Canarische stranden vol lijken. En Maïko begrijpt hoe ik de besneeuwde bergen mis, en ze beseft dat ik juist droom over die zee die me naar haar heeft gebracht. Ik weet dat ze Saigon mist en zij weet dat ik over Mosul droom. We praten erover, kijken met tranen in de ogen naar foto's en televisieprogramma's. Als je eens wist hoeveel we samen huilen over deze wereld, die zo slecht in elkaar zit en ons toch samen heeft gebracht, en over de twee landen die we hebben achtergelaten. Maar uiteindelijk accepteren we de wereld, hoe verwrongen hij ook is, omdat hij ons bij elkaar heeft gebracht en ons een plek heeft gegeven, een thuis.'

Sayed staat op, hij moet klanten bedienen; zijn ogen zijn vochtig, wat niet bij een Koerdische strijder past. Wat een geluk om zoveel van iemand te houden! Dat is een aflaat, een zegen die je beschermt tegen het kwaad en de zonde, tegen verdoemenis en pijn, als een geloof dat de gelovige kracht geeft. Maar er kleven ook gevaren aan de liefde. Ik moet mijn kinderen terugvinden. De gevaren van de liefde. Ik denk altijd alleen aan de gevaren van de liefde, nooit aan de onverschrokkenheid ervan. Ik ga beginnen bij Josué en de andere kinderen.

49

De hagedis ligt te slapen op mijn opschrijfboekje. Myriam ligt op bed te mopperen. 'We doen hier niks, we lopen ons al drie weken stierlijk te vervelen, jij zegt niks, je zit alleen maar na te denken. Je denkt geen moment aan mij. Ik ga weer naar Den Haag, ik krijg er zo een baan, als vertaalster of serveerster.' Voorzichtig verplaats ik de hagedis om hem niet te wekken. We zijn vrienden geworden, hij en ik. 'Doe wat je niet laten kunt, Myriam.' We hebben alles gedaan wat er in Bunia te doen is. Iets drinken in Café de la Paix, eten met de Libanezen die alleen over smokkelarij en duistere zaakjes praten, naar de bioscoop. En wat voor een bioscoop! Een grote witgekalkte kamer met twintig plastic stoelen, een ijskast vol Primus, een enorm televisietoestel op een metalen stellage die waarschijnlijk van de MONUC is gejat en de verzamelde werken van Jackie Chan en Sylvester Stallone op het scherm. Daarna drinken we een biertje in het hotel. Afwisselend Koerdische en Vietnamese muziek. Sayed en Maïko nog even verbaasd als altijd dat deze verrotte wereld ze bij elkaar heeft gebracht, deze wereld waarvan ze alle fouten en stommiteiten kunnen opsommen omdat ze altijd in de keuken naar de BBC luisteren. Ze willen kinderen. We zijn zelfs naar de kerkdienst van Kabanga geweest, die God heeft gevonden in zijn ijskoude cel in Den Haag, zijn vochtige cel die je een hond nog niet zou toewensen. Op een nacht voelde hij hoe een warmte bezit van hem nam, toen verscheen er een licht en klonk er een stem, plechtig en soeverein. 'Je hebt het zwaard opgenomen, alleen het kruis kan je verlossen. Het Hema-volk zal alleen domineren als het de weg volgt waarop Mijn woord de gids is.' De aanwezigen begonnen langdurig 'halleluja!' en 'God bescherme de Hema' te roepen. Onder het spreekgestoelte strekten de luitenants van Kabanga, net als hij in het wit gekleed, hun armen naar de hemel en riepen 'God is groot!', wat in koor door de menigte werd overgenomen. Myriam glimlachte. Ik moest overgeven. We zijn naar het Albertmeer gegaan, hebben gegeten met Canadezen die in de oliebusiness zitten. Ze wachten tot Kabanga de macht weer in handen heeft. Ik dacht aan Josué, van wie ik niets meer gehoord had maar die, afgaande op wat Joseph me vertelde, de gemoederen wel bezighield.

Myriam wilde leven. Hoe? Dat wist ze waarschijnlijk zelf niet. Maar in elk geval niet met onze steeds schaarser wordende mechanische omhelzingen, die haar enkel de illusie van een leven gaven. 'Doe wat je niet laten kunt, Myriam.'

50

Myriam is vertrokken. Ik heb het niet eens gemerkt. Hoe meer ik nadenk, hoe meer ik drink. Want in Afrika gaat de blanke die niets omhanden heeft op het terras zitten drinken en daarna in het restaurant door zitten drinken. Niet zozeer omdat hij zin heeft in drank, maar omdat hij nergens zin in heeft. Ik moet diep in slaap zijn geweest toen ze haar koffers pakte. Ik treur niet om haar vertrek. De zoveelste mislukking, ik had het moeten zien aankomen. Mijn leven met anderen is een unieke aaneenschakeling van fouten. Ik ben kennelijk niet in staat om lief te hebben, of anders heb ik de gebruiksaanwijzing niet gelezen. In beide gevallen is het resultaat hetzelfde. Ik ben alleen, ik zal nooit een thuis hebben. Sayed ziet mijn steeds permanenter wordende dronkenschap aan voor liefdesverdriet. Ik heb al meer dan een maand niets van Josué gehoord en Joseph is al een paar dagen onvindbaar. Madeleine doet het gratis met me, terwijl ze me verliefde zinnetjes toefluistert en hartstocht voorwendt. De Libanees heeft begrepen dat ik niet ga investeren in zijn smokkelarij.

Ik ben van Primus overgestapt op whisky. Primus maakt het lichaam zwaar, whisky verdooft. Inmiddels stop ik Madeleine af en toe wat toe, want ze komt vaak en ze heeft drie kinderen. Ze protesteerde niet toen ik haar voor het eerst twintig dollar gaf, ze bedankte me ook niet. Ze glimlachte alleen. Ze is aardig, soms ontroert ze me met haar naïeve maar oprechte hoop, haar ogen die niet echt kijken, haar lach die om alles lacht, haar tranen waarvan ik niet weet waar ze vandaan komen. Ik benijd haar. Ik heb geen tranen en ik kan niet lachen. Ik kan me triest voelen en ik kan glimlachen. Maar daar blijft het bij. Sayed gelooft in het lot, en aangezien ik een goed mens ben zal er zeker een goede vrouw op mijn weg komen, meegevoerd door het getij dat geliefden op het strand werpt. Ik heb Kabanga's kerkdienst nog eens bezocht. Zijn preken klinken steeds minder evangelisch en steeds nationalistischer. Zijn luitenants hebben hun witte koorhemden weer ingeruild voor legerpakken.

Met Sayed werk ik aan het project van de Franse bistro. 'De grote moeilijkheid zijn de ingrediënten.' Hij heeft gelijk: hoe kom je hier aan goede niertjes, mosterd uit Dijon, klapstuk, sjalotjes, worst uit Toulouse of confit de canard? Het zijn allemaal herinneringen, aan mijn vader en aan de tijd waarin ik wist wat het inhield om een thuis te hebben.

Kabanga komt Sayeds restaurant binnen en bestelt gebakken rijst en een Mutzig. Zijn zelfverzekerdheid en verwaandheid bevallen me niet, ze irriteren me, maar ik hou mijn mond en hou vooral de zinnen binnen die door mijn hoofd spoken.

(Ik heb u drie jaar bestudeerd, meneer Kabanga. Ik geloof dat ik u beter ken dan uw vrouw, die trouwens geprobeerd heeft u te vermoorden. Ik weet hoe uw huis is ingedeeld, ik weet wat u ontbijt en wat u verder eet. Ik weet hoe uw kleermaker en uw kapper heten. Ik heb uw betoog over de vervreemding van de Hema gelezen. Ik ben op de hoogte van uw deals met mijnbouw- en oliebedrijven en uw handel met de Libanezen en Rwandezen. Ik kan u precies vertellen hoeveel ounces goud en hoeveel karaat diamanten u hebt uitgevoerd. Ik heb alle cijfers op mijn kamer liggen. Ik weet dat u een brandende sigaar in de anus van een kind dat Josué heet hebt gestoken. Ik weet alles over u en ik ben hiernaartoe gekomen om te zorgen dat u voor uw misdaden zal worden veroordeeld.)

Ik hou het allemaal opgesloten in mijn hoofd. Ik kijk toe terwijl hij eet en ben niet trots op mezelf. Hij stelt voor om een ontmoeting te beleggen met wat Rwandese vrienden om over zaken te spreken. Ik zal erover nadenken. Ik zal met Marcel overleggen.

'Wie is Marcel?'

'Mijn raadgever, meneer Kabanga.'

Als ik hem nakijk, bedenk ik dat ik het woord 'meneer' nooit met Kabanga in verband heb gebracht.

Een bericht van Josué, overgebracht door hetzelfde rossige jongetje, die dit keer om rijst vraagt en natuurlijk om een biertje, dat hij achter elkaar naar binnen giet alsof hij twintig is. Volwassen gebaren, maar kinderlijk gegiechel als ik hem plaag met zijn volwassen manier van drinken. Hij legt een revolver op tafel. 'Ik ben geen kind meer. Ik moet een antwoord mee terugbrengen, meneer.'

'Iedereen is er, of bijna. We zijn met meer als dertig man. We hebbe wapens. We zijn getraint. We schiete goed, we zijn klaar om in actie te kome. We hebben democratich beslote om Kabanga te berechte en ter dood te veroordelen. Je moet ons laten zien hoe je een proces doet. We wille het allemaal doen. We willen berechte voordat we dode, berechte zoals bij jou in Den Haag. Jij zei dat je recht wilde en jij krijgt recht. Wij ook.'

'Ik kom wanneer je wilt.' Met die vijf woorden vertrekt de kleine. Hij vergeet zijn revolver. Ongerust komt hij terug, ik geef hem het wapen, waarmee hij hoogstwaarschijnlijk de longen zal doorboren van een man die dronken over straat zwalkt en hem geen duizend franc wil geven, of van een vrouw die terugkomt van de markt waar ze maniokpasta en een paar tomaten heeft verkocht. Tomatensalade. Ik zou best een tomatensalade lusten en dan neem ik er nog een whisky bij. Madeleine komt bij me zitten. 'Het gaat helemaal niet goed met je, het gaat zelfs heel slecht. Wat is er?' Sayed en Madeleine zeggen dat ik te veel drink en dat het geluk voor het oprapen ligt, als je maar zoekt.

Misschien lag het geluk voor het oprapen bij die jonge vrouw op het keienstrand, bij een aperitiefje met haar. Ik durfde geen Ricard aan te bieden aan een onbekende vrouw die naar me glimlachte. Ik ben echt verachtelijk. Op dit tijdstip, als de zon plotseling achter de heuvels zakt, worden de geluiden diffuser, de voertuigen langzamer en het getoeter schaarser. Maar dan klinkt er opeens geschreeuw en gebrul, mensen stormen het restaurant binnen. Ik merk dat de muren steeds meer barsten vertonen en dat alles stinkt, naar zweet, olie en soja. De hele wereld stinkt. Sayed pakt me bij mijn arm en neemt me mee naar buiten. Voor de deur ligt het naakte lichaam van Joseph. Een lichaam zonder neus, zonder lippen en zonder geslacht. Op zijn buik hebben de moordenaars met zijn bloed een kruis getekend.

De hagedis, die ik Marcel heb genoemd, kijkt toe terwijl ik een mail schrijf aan een vriend bij het Hof: 'Kabanga heeft Joseph doodgemarteld. Doe iets, godverdomme.'

Het antwoord luidt: 'We staan machteloos, Claude. Voor ons is Kabanga een afgesloten hoofdstuk. Succes.'

51

De laatste tijd slaapt Marcel bij me op bed. Hij gaat op Myriams kussen liggen en als Madeleine komt nestelt hij zich aan het voeteneinde, waar hij geduldig wacht tot ons liefdestheater is afgelopen. Zodra ze weg is, neemt hij haar plaats weer in. Ik besef dat ik een vriend heb. Ik behoor niet tot het deel van de mensheid in wie een held schuilt. Dat komt niet uit angst, meer uit een tekort aan verbeeldingskracht over mezelf. Ik ben geen held en geen minnaar. Ik ben van het dagelijks leven geamputeerd; ik ben patiënt van het leven.

52

Sinds de dood van Joseph draait Sayed om me heen, dat voel ik. Hij wil met me praten. Sayed vraagt of ik de geruchten heb gehoord. Nee, maar ik weet dat geruchten hier net als de wind zijn.

U weet wat dat betekent. U weet hoe de wind is. Je kunt hem niet grijpen of vasthouden, je kunt hem niet beheersen en toch is hij overal om je heen, hij omkleedt je, vertraagt je. Hij laat de bladeren van de stille bomen ruisen, verandert de pas van de wandelaar die zijn rug kromt om de onzichtbare kracht beter het hoofd te bieden. In Afrika zijn geruchten een soort wind, maar dan heviger, een soort zandstorm. De wind dringt overal in binnen. Niemand weet waar het gerucht vandaan komt waaien, maar het waait en het verstikt, het maakt blind en waanzinnig. Soms, vaak, is het gerucht dodelijk, leidt het tot gewapende conflicten. En Sayed kan me tien geruchten noemen die de stadsbewoners doodsbang maken, die leiden tot nieuwe allianties, tot samenscholingen en stamvergaderingen. Niemand weet waar ze vandaan komen, zegt Sayed, maar de stad is in de greep van de geruchten. Zelf ben ik geen gerucht meer, ik ben een feit dat men niet kan plaatsen, en dat leidt tot geruchten over mij. Ik ben degene die Kabanga heeft vrijgelaten, ik ben gekomen om hem te doden, om met hem samen te werken omdat ik mijn baan bij het Hof ben kwijtgeraakt, ik ben een perverse blanke die op negerinnen geilt, ik wil de economische macht in de stad in handen krijgen. Ze maken me groter dan ik ben, maar ik moet er niet om glimlachen, integendeel: ik vind het verontrustend, want in ieder gerucht schuilt een gevaar.

En in de zandstorm die de avenue de la Libération leegblaast, in de drie restaurants, de kleine barretjes aan huis, wordt steeds vaker gesproken over een nieuwe gewapende factie. Ze zou bestaan uit jongeren, en de leider zou een zekere Josué zijn. Ze zouden een bondgenootschap met de Lendu hebben gesloten om zich op Kabanga te wreken.

Het gerucht, de wind vertelt dat ze een kampement bij Bogoro hebben. Als je goud wilt stelen, diamanten wilt smokkelen, het Albertmeer dat boordevol olie zit wilt bereiken of accijns wil heffen op de goederen die naar Oeganda worden geëxporteerd, dan moet je dat dorpje in handen hebben, want daar lopen de drie wegen doorheen die naar al die rijkdommen leiden.

'Mijn vader zei altijd dat je de haat niet uit een honderd jaar oud hart kunt halen. Hier zijn alle harten honderd jaar oud, zelfs die van de kinderen. Ze worden gevoed met verhalen, fabels en oude beledigingen; en op elk litteken kan een etiket worden geplakt. Soms de naam van een familie, maar meestal de naam van een groep, van een stam. Je moet weten hoe belangrijk stammen hier zijn. Sociale zekerheid, noemen ze dat bij jullie. Hier is de stam je familie, en rechtspraak bestaat niet. Eenvoudig gezegd komt het hierop neer: Kabanga maakt zich klaar om de macht weer over te nemen, de Lendu bereiden hun verdediging voor en die kinderen van jou zijn een militie begon-

nen om Kabanga te doden. En wat jou betreft: iedereen
weet dat je uit Den Haag komt. Dat wisten we al voordat
je in Bunia aankwam. Zo gaat dat in Afrika. Je moet hier
weg, je kunt hier niets bereiken. Vergeef me dat ik zo eerlijk tegen je ben, maar ik beschouw je als mijn vriend en je
lijkt me zo alleen.'

53

Maar ik heb Marcel.

54

Madeleine gedraagt zich verliefd. Ze is de gebruikelijke hoerenpraat vergeten en gedraagt zich als een verloofde. Ze kust me teder, alsof ze verliefd is. Natuurlijk neuken we nog, maar na de daad rekt ze zich kwijnend uit, legt een vinger op mijn wang, drukt een delicate kus op mijn voorhoofd, praat over iets wat we morgen kunnen gaan doen, noemt me 'liefje' en klopt de volgende ochtend bij me aan met fruit en soms wat bloemen. Madeleine houdt me bezig, ze vult de leegte. Leegte is geen woord dat me angst aanjaagt. Ik vind het vervelend dat ze van me lijkt te houden. Ik gebruik haar, buit haar uit, kom klaar zonder er verder een gedachte aan te wijden. Op deze afschuwelijke ochtend is ze er weer. Ik heb geen oog dichtgedaan, ik stink naar zweet, ben helemaal doorweekt. Ze draagt een blad dat ze op bed neerzet. Twee eieren, fruitsalade en echte koffie, geen Nescafé. Haar glimlach verraadt dat ze trots is op zichzelf, dat ze erover heeft nagedacht hoe ze mij blij kon maken. Hoe kan ik het haar vertellen? Hoe vind ik woorden die niet kwetsen maar die me wel bevrijden uit deze ellende waar ik aan onderdoor ga naargelang ze me vaker met zachte, verliefde bewegingen streelt. 'Bedankt, Madeleine. Maar ik hou niet van je. Ik voel enige vriendschap voor je, meer niet.' En dan het scalpel van de eerlijkheid: 'We gaan met elkaar naar bed, meer is het niet. Het spijt me.' Ze schreeuwt, ze brult. Ik ben het laagste van het laagste, en bovenal ben ik een blanke die zwarten uitbuit. Ik zeg niks, ik kijk naar Marcel. 'En je hebt me nog nooit laten klaarkomen.'

Ze gaat weg.

55

Bretagne. Ik denk aan Bretagne, terwijl ik rijst eet die uit geen enkel land komt. Sayed legt het uit. Maïko en hij mengen allebei hun kruiden door de rijst. Anders gezegd: ze bedrijven continu de liefde, zelfs door middel van de rijst die ze parfumeren met Vietnamese én Koerdische kruiden. De rijst is even sterk gekruid met citroengras als met kurkuma en komijn. Waarom Bretagne? Omdat de zee me betovert, vanwege de oesters, de doorgroefde gezichten, maar vooral vanwege de betoverende aanblik van Isabelle en Emma die ik op het terras van Hotel Bellevue heb laten lopen. Ik denk niet aan de kinderen, ik denk aan mezelf. Voor het eerst in mijn leven vergeet ik de anderen en kijk ik naar mezelf.

Sayed wil dat ik naar huis ga, ik merk dat hij zich zorgen maakt over zijn veiligheid. 'Ik heb geen thuis, Sayed.' Ik droom weleens over de baai van Paimpol, maar dat is een droom in sepia, als een antieke foto, lichtelijk getint met verdriet en spijt over die glimlach waar ik niet achteraan ben gegaan.

De geruchten buitelen over elkaar heen. Kabanga heeft wapens van de Chinezen gekregen. Ze zijn hier geobsedeerd met de Chinezen, die in de fantasieën, angsten en onrustige dromen van de Afrikanen de plaats van de Amerikanen hebben ingenomen. De geruchten zwellen aan. Kabanga heeft een verbond gesloten met de Canadese oliemaatschappijen, die hem zullen financieren.

Marcel voelt zich hier volkomen thuis, alsof het zijn kamer is. Ik heb een plan nodig. Vier uur lang zit ik achter een blanco vel papier en er komt geen enkel rationeel idee, alleen angsten, emoties en hoop. Ik verdwaal. Geen wereldbol waar ik een vinger op kan leggen, geen rapporten van deskundigen, geen complexe studies, alleen ikzelf, in een land dat ik ken maar waar ik niet echt woon, in een stad die me in de gaten houdt, met een heerszuchtige hagedis en voormalige minnaressen die ik niet mis.

In de bioscoop drink ik een Primus, ontwijk de blikken die uit de geruchten voortkomen en kijk naar een film met Stallone, een volslagen infantiel geval dat ik al drie keer heb gezien. Absolute leegte kan prozac vervangen.

56

Josué heeft me ontboden. Hij wil me spreken, want hij heeft me nodig.

De chauffeur die Sayed voor me heeft gevonden vroeg drie keer de gebruikelijke prijs voor de tocht naar Bogoro. Dieudonnés blik schiet heen en weer als die van een veldslang. Hij argumenteert en verzint: het gebruikelijke handjeklap tussen een rijke en een arme. De weg is gevaarlijk, ik ben een blanke en wat belangrijker is, de Rwandezen zitten achter me aan. Ik heb Madeleine verkracht. Hij legt alle zandkorrels van de geruchtenstroom op een rij. Ik sta machteloos, hij is het vleesgeworden gerucht. Hij besluit: 'Snapt u? U bent een gevaar. Ik ben getrouwd en ik heb kinderen.' Geen trouwring te zien. Ik heb geen keus. Grappig. Ik weet er een glimlachje uit te persen, in ieder geval vanbinnen. Ik, gevaarlijk? Ik, die alleen wat gedachtetjes heb en steeds minder dromen? Ik denk dat ik op het moment dat ik met zijn exorbitante prijs akkoord ging begreep dat mijn dromen illusies waren en mijn gedachten niet meer zijn dan dat: gedachten. Wind, zouden ze hier zeggen.

'Dag, meneer Claude.' In minder dan twee maanden is Josué veel ouder geworden: niet in zijn gezicht, niet in zijn lichaam, maar in de kille blik die de glimlach op zijn lippen weerspreekt. Met een mannetje of tien, allemaal jong, staan ze bij de wegversperring. Josué wijst op een afdakje van takken en bladeren dat dienstdoet als wachtpost. Mijn kinderen – wat idioot om ze zo te noemen! – persen de langsrijdende auto's af. Geld, kippen en zakken rijst, en als er een taxibusje stopt gebaart Josué een jong meisje om uit te stappen. Zij is de tol die moet worden betaald. Ze laat zich gedwee naar het afdak voeren en komt naast me zitten. Ze zegt geen woord, ze stribbelt niet tegen, alsof het bij haar leven hoort om mensen vrij te kopen. Josué gedraagt zich als een leider. Hij geeft bevelen, scheldt, deelt af en toe een klap uit met de kolf van zijn AK47. Hij wordt gerespecteerd. De handel van de wegversperring dooft tegelijkertijd uit met de zon. Een paar minuten lopen en we bereiken iets wat in de schemering op een kampement lijkt. Een paar vuren verlichten de hutten en de tenten, gemaakt van tentdoeken van de VN.

Zwijgend eten we maniokpap en drinken we bier. Josué schenkt het meisje aan een van zijn metgezellen. Ze stribbelt niet tegen en gaat met gebogen schouders met hem mee. Ze wordt niet verkracht, want ze stribbelt niet tegen. Josué steekt een joint op en biedt hem me aan. Ik sla af. Hij laat een baard staan, misschien omdat hij er ouder uit wil zien. Zijn blik ontwijkt de mijne, hij geeft met vaste stem bevelen, hij dreigt en hij scheldt, en dat alles terwijl hij zit te eten. Een ware leider. Volgens de studies leidt diefstal van de kindertijd tot wrede volwassenen of eeuwige pubers. 'We zijn met een mannetje of honderd.' De vochtige hitte, de geur van houtskool en eucalyptus zijn betoverend. De zachte wind is een streling en het geruis van de bladeren heeft een kalmerende werking op me, als muziek die een getroebleerde ziel tot rust brengt. Ik geef geen antwoord, ik wacht, ik ben bereid om Josués transformatie te begrijpen. Zijn littekens maken het me onmogelijk hem te veroordelen. Voor zijn kameraden is hij een autoritair leider, voor mij blijft hij een getraumatiseerd kind. 'Er komen nog anderen met ons meedoen. Met de heffing van de wegversperring kopen we wapens. We gaan het recht laten zegevieren waar jou dat niet gelukt is.' De rechtbank is al bijna opgericht. Alle jongeren in het kamp zijn getuige. 'En advocaten?' Ik zeg het zonder enige overtuiging. 'Als je schuldig bent, verdien je geen advocaat. En je weet heel goed dat Kabanga schuldig is.' Ja, dat weet ik, daar ben ik tot in het diepst van mezelf van overtuigd, dat is de reden dat ik hiernaartoe ben gekomen. 'Ik zal hem wel verdedigen.' Josué kijkt me aan alsof ik een buitenaards wezen ben. 'Ben je soms een verrader?' Ik zeg van niet, maar ik weet dat alles wat ik zeg over het recht op een eerlijk proces, over het feit dat een verdachte zich moet kunnen verdedigen, zinloos is. Ik ga Kabanga verdedigen tegen Josué.

57

Deze kinderen hebben stijl, lef, verbeelding en moed. Mijn kinderen zijn in het oneindige labyrint van de wraak beland. Mijn kinderen? Dat zijn ze nooit geweest. Ik kijk hoe Josué opdrachten geeft, zijn ondergeschikten vernedert, de baas uithangt. Ik ben met hem verbonden door zijn verhaal, niet door zijn persoonlijkheid. Ik heb alleen maar van hem 'gehouden' omdat hij er met zijn getuigenverklaring aan meehielp dat het recht – míjn recht – zijn beloop zou hebben. Zíjn recht jaagt me de stuipen op het lijf.

Josué heeft me verteld over de ontvoering van Kabanga. 's Zondags leidt hij eerst een kerkdienst, daarna ontvangt hij, geeft hij advies, zoekt bondgenoten, rekruteert en ronselt. Daarna doet hij een middagslaapje tot het avondeten. Dan komen er notabele Hema op bezoek, en soms een paar Rwandezen en Libanezen.

Ze bespreken hoe ze in de toekomst de rijkdom zullen verdelen wanneer Ituri autonoom is en onder het gezag van Kabanga's troepen staat. Bij de voorbereiding van de volgende oorlog wordt er enorm veel gedronken. En op zondag geeft Kabanga ook zijn lijfwachten toestemming om te drinken en de stad af te schuimen. Zondag is een heilige dag, de rustdag. De overval op Kabanga's villa op een zondagavond rond middernacht, met een dertigtal

Lendu en kindsoldaten, was een formaliteit. 'Ze lagen allemaal te snurken, en anders waren ze ladderzat.' Josué geniet nog na van het moment.

Kabanga houdt zich groot, doet alsof het hem koud laat. Hij is echt een imbeciel, zo vol als hij is van zichzelf. Ze hebben ons in dezelfde hut gestopt. Hij probeert vriendelijk te doen, wil me vertellen over zijn strijd. 'Kabanga, je bent een stuk stront.' Een stuk stront dat ik uit overtuiging ga verdedigen. Wat ben ik toch een idioot. Kabanga praat niet meer met me. Hij zweet, eet nauwelijks, voelt dat de dood vlakbij is. Hij bidt niet, hij heeft zijn kruis bij een bewaker geruild tegen drie biertjes.

Ik ken de argumenten te zijner verdediging, ik heb de weinige ontlastende stukken bestudeerd. Ik som de verzachtende omstandigheden op, wijd er over uit, maar zonder overtuiging. De rechter vermaakt zich uitstekend. Josué is tot rechter benoemd. Hij roept getuigen op – zijn medekindsoldaten, die alles vertellen wat ik al weet. Kabanga brult, scheldt, maakt ze uit voor leugenaars, begint dan te huilen, knielt neer en roept God aan, 'onze God', en smeekt om genade. Een klap met een geweerkolf tegen zijn slaap legt hem het zwijgen op. Er stroomt bloed uit zijn neus.

'Nu wil ik meneer Claude oproepen, van het Internationaal Strafhof.'

Josué glimlacht als een seriemoordenaar in een film. Ik ben dus onderdeel van zijn wraak.

'U kent de verdachte heel goed.'

'Nee, ik ken hem nauwelijks.'

'Hebt u in uw tijd in Den Haag niet het strafdossier tegen Kabanga opgesteld?'

'Ik heb het dossier geanalyseerd en aanbevelingen aan de aanklager gedaan.'

'U kent de getuigenverklaringen tegen Kabanga. Hebt u onderzoek gedaan naar hun geloofwaardigheid?'

'Ja.'

'Hebt u op basis van uw analyse van de getuigenissen de aanbeveling gedaan om Kabanga te vervolgen voor oorlogsmisdaden?'

'Ja.'

Ik kan de volgende vraag al raden. Ik weet dat dit allemaal een farce is, dat Kabanga al ten dode is opgeschreven. En omdat ik niet kan liegen, zal mijn antwoord hen in hun eigen ogen vrijpleiten.

'Meneer Claude van het Internationaal Strafhof, gelooft u dat de verdachte die hier voor ons staat schuldig is aan de misdaden die hem ten laste zijn gelegd?'

'Ja.'

De kinderen lieten er geen gras over groeien. Een paar minuten na mijn 'ja' hoorde ik een vuursalvo en vreugdekreten. Ik trek me terug in mijn hut terwijl de kinderen het vieren. Josué heeft me zojuist een van zijn vrouwelijke kameraden aangeboden. Ik wil slapen, Josué, ik wil slapen.

58

Sayed is volkomen van streek. De Vietnamese kaas is niet te vreten en het bier is warm. Hij verontschuldigt zich voor het bier en vertelt over een gerucht dat door de stad waait. Ik zou de opdracht hebben gegeven tot Kabanga's executie. 'Je zet geen stap meer buiten het hotel en je maakt dat je wegkomt. Maïko en ik mogen je graag, maar we willen geen problemen en jij bent een probleem. En als je een vriend van ons bent, dan wil je ons niet in de problemen brengen.' Natuurlijk, Sayed, natuurlijk ben ik jullie vriend en ga ik ervandoor. 'Morgen gaat er een vliegtuig naar Kinshasa.' Sayed wil me echt weg hebben. Zelf wil ik ook weg. Ik heb alles verkeerd gedaan. Er is hier helemaal niets gelukt.

Ik pak mijn koffers en bedenkt dat ik misschien een baan kan vinden in de hoofdstad. Marcel ligt op het kussen te slapen.

Waarom ik Marcel de volgende ochtend in mijn aktetas stopte zal ik nooit begrijpen. Je moet de weg wel heel erg kwijt zijn om van een hagedis te houden. Bij wijze van vaarwel zegt Sayed: 'Zorg dat je een thuis vindt.'

In Kinshasa wachten een stuk of tien politiemannen me op. Ik word beschuldigd van medeplichtigheid aan moord, maar aangezien het slachtoffer Kabanga is en ik onder bescherming van de minister van Justitie sta, word ik slechts veroordeeld tot uitzetting met het eerstvolgende vliegtuig. Parijs. Vanuit Parijs ben je in drie uur in Bretagne. Een huis. Je hebt gelijk, Sayed, ik moet een thuis hebben, ik ga naar het Bellevue en zoek een huis. Het hotel en het restaurant bestaan niet meer. Het gebouw is verbouwd tot appartementen voor rijke vakantiegangers. Ik heb hier vrienden, herinneringen en misgelopen dromen. Dat is haast een fundering van een thuis. Emoties waar je stenen op kunt bouwen en misschien zelfs een schoorsteen.

Ik staar naar de baai van Paimpol, denk aan die glimlach die ik negeerde en dus misliep. Dit wordt mijn thuis. Dag Sayed, ik stuur je foto's als ik mijn huis gevonden heb.

59

Ik heb het gevonden. In Plouézec, op vijfhonderd meter van de zee die ik vanuit mijn slaapkamerraam nog net kan zien. Een oud vissershuis en een tuintje met bomen zo oud als het huis. Mama zou het meubilair afschuwelijk vinden. Dat is het ook. Marcel past zich goed aan de Bretonse vochtigheid aan. De dagen brengt hij buiten door, en 's avonds komt hij binnen om op het lege kussen te slapen. Ik heb de televisie weggedaan. Ik heb geen computer meer. Ik lees geen kranten. Ik kijk, ik loop, ik voel, ik droom (ik heb nog nooit gedroomd), ik fantaseer. Ik fantaseer over een leven met een vrouw en kinderen. Ik denk dat dat het ware leven is; en misschien loop ik het nog weleens toevallig tegen het lijf, want hoe ik het moet zoeken weet ik niet.

Ik schrijf nog steeds in schriftjes die ik zonder reden op stapels leg en bewaar. Gisteren, voordat de storm de bomen ontwortelde, de pannen van het dak blies en de luiken die ik open had laten staan tegen de muren liet slaan, schreef ik: 'Het probleem is niet dat mijn leven is mislukt, maar dat ik er rakelings langs ben gescheerd.' Samen met Marcel ging ik naar bed en luisterde ik naar de storm. Na de storm heeft de kou uit het Noordpoolgebied de boomtakken stijf gemaakt en de boombladeren opgerold. De Bretonse huizen zijn niet gewend aan intense kou, en ondanks het vuur dat in de honderd jaar oude haard knettert ril ik van de kou. Op de kou volgde een laag sneeuw van vijf centimeter dikte, die de artisjokken- en bonenvelden van Paimpol bedekte. Het wordt een slechte oogst, deze zomer. De vogels zijn wanhopig. De insecten zijn gestorven van de kou en de wormen verschuilen zich diep onder de grond. De zee beukt onophoudelijk op de kust en schudt de boten door elkaar. Een trawler is gezonken. Het grijs van de hemel is bijna zwart. Ik heb Marcel al drie dagen niet gezien. Ik vermoed dat Congolese hagedissen niet tegen de winter kunnen.

Marcel is dood. Ik ben verdrietig. Morgen ga ik een kat kopen in de dierenwinkel van Paimpol. Ik noem hem Miou-Miou.

Ik wil niet alleen sterven.

8 maart 2009. Het regent.